MEIN ONKEL OWEN

REISE. IN DIE FREMDE. ZU DIR SELBST.

Rainer Heidenreich

Copyright © 2024 Rainer Heidenreich

Alle Rechte vorbehalten

Die in diesem Buch dargestellten Figuren und Ereignisse sind fiktiv. Jegliche Ähnlichkeit mit lebenden oder toten realen Personen ist zufällig und nicht vom Autor beabsichtigt.

Kein Teil dieses Buches darf ohne ausdrückliche schriftliche Genehmigung des Herausgebers reproduziert oder in einem Abrufsystem gespeichert oder in irgendeiner Form oder auf irgendeine Weise elektronisch, mechanisch, fotokopiert, aufgezeichnet oder auf andere Weise übertragen werden.

CONTENTS

Title Page
Copyright
Ein Tag wie jeder andere – fast   1
Abroad – Abseits des Gewohnten   4
On the road – Auf der Straße   10
The next morning – Am nächsten Morgen   21
Ein unerwarteter Besucher   38
Ein Funkspruch der Vertrautes bringt   49
Eine große Verantwortung   61
Des Nachts   74
Time goes by   82
Alles hat sein Ende   86

EIN TAG WIE JEDER ANDERE – FAST

Zunächst einmal muss gesagt werden, dass das Leben viele Facetten hat. Es gibt schöne, spannende, langweilige und trübe Tage. Für Carlos war jeder Tag irgendwie gleich. Das soll gar nicht negativ gemeint sein, es war halt so. Punkt, Schluss, aus. Aufstehen, Frühstück, die immer gleichen Klamotten und dann ab in die Schule. Er war ein Junge mit durchschnittlichen Noten, einem durchschnittlichen Haarschnitt und noch durchschnittlicheren Freunden. Den Lernstoff über sich ergehen lassen, Klassenarbeiten bewältigen, Hausaufgaben irgendwie hinter sich bringen und dann ab vor den PC, das war sein Tagesprogramm. Zwischen Computerspielen, Smartphonenachrichten und der schier endlosen Produktpalette der Streaminganbieter im Netz noch schnell die ein oder andere Pizza aufgewärmt oder den Auflauf seiner Mutter im Ofen erhitzt und dann bitte wieder so schnell wie möglich auf die Couch. Das war Routine, das mochte Carlos und seine Freunde waren genauso. Sein Leben hatte dadurch eine gewisse Ordnung und Struktur. Alles sollte gefälligst so bleiben. Veränderungen auf keinen Fall zulassen, das war nicht sein Ding. Doch jetzt kam seine Mutter auch noch mit diesem blödsinnigen Vorschlag. Beim Frühstück lagen

tatsächlich Flugtickets auf dem Tisch. Amerika. Die Vereinigten Staaten. Salt Lake, was?
„Salt Lake City, Schatz. Es ist doch nur für drei Wochen. Solange ich weg bin. Ich dachte es tut dir gut. Du gehst seit Wochen nicht vor die Tür und dein Onkel hat nichts dagegen."
Seine Mutter war mit dem wahnwitzigen Vorschlag gekommen, er sollte zu seinem Onkel fliegen. Irgend so ein blödes Firmenmeeting riss ihn aus seinem Alltag.
„Aber, ich will da nicht hin! Wieso kann ich in der Zeit nicht zu Papa ziehen?" „Carlos, dein Vater hat sich schon zwei Monate nicht mehr bei uns gemeldet. Bei deinem letzten Besuch wolltest du noch am gleichen Abend nach Hause!" Einzelkind, Trennungskind. Das war die Realität der letzten Jahre gewesen. Streit zu Hause, immer nur Ärger, Schweigen und dann blieben er und seine Mutter allein zurück. Konstanz, Gleichheit, Beständigkeit. Das war das, was er wollte und brauchte. Und keinen Flug nach Amerika zu irgendeinem Onkel, der da lebte und von dem er nur schrullige Fotos kannte.
„Es ist entschieden. Wir können es momentan nicht anders lösen. Ich fliege mit und bin ja in der Stadt. Dein Onkel Owen wohnt außerhalb, er kommt uns abholen, bringt mich ins Hotel und nimmt dich mit. Es wird dir gefallen!" Carlos musste schlucken. Einen dicken Klumpen Müsli im Hals und einen noch dickeren im Herzen. „Mom, ich hab den Typen noch nie getroffen. Was ist, wenn der völlig durchgeknallt ist? Du hast mal erzählt, der lebt in einer Hütte aus Baumstämmen. Wahrscheinlich im tiefsten Niemandsland ohne WLAN und Telefonanschluss!" Bei dem Gedanken wurde ihm schon ganz mulmig zumute.
„Owen ist mein Bruder, Carlos. Du wirst es gut bei ihm haben. Unser Flug geht morgen um 09:17 Uhr

von Hamburg aus." Eine Fontäne aus Müsli und Milch ergoss sich über den Küchentisch. „Was? Morgen? Bist du wahnsinnig?" Das war zu viel. Er hatte sein halbes Frühstück herausgeprustet. Letztendlich blieb es dabei. Seine Mutter war starrköpfig und er ein Junge von gerade einmal zwölf Jahren. Sorgerecht des Elternteils. Aha. Er sorgte sich und zwar zurecht. Sie packten noch am Abend die Koffer.

Spulen wir noch einmal alles zurück. Ein Junge in den Fängen der Technik und des Alltagstrotts, eine Mutter mit anstehendem Firmenmeeting in den Staaten, eine zerbrochene Ehe und ein Onkel, der bisher nur von Fotos lächelnd den Betrachter anstarrte. Mit diesen Grundvoraussetzungen sollte für Carlos eine Reise beginnen, von der er sich nicht in seinen kühnsten Träumen hätte vorstellen können, was ihm alles widerfahren würde.

ABROAD – ABSEITS DES GEWOHNTEN

Rückwirkend betrachtet, erschien Carlos der Flug wie eine Zeitkapsel. Alles war dermaßen ungewohnt gewesen, dass er, wie durch einen Nebelschleier watend, die letzten sechzehn Stunden durchlebt hatte. Das frühe Aufstehen am Morgen, die Fahrt zum Flughafen und vor allem die Abkehr seines Lebens in Hamburg, Großstadtmetropole und Hafen seiner Sicherheit. Check-in am Flughafen und ab in den Flieger am Gate. Der Flug selbst schien ihm endlos verlaufen zu sein. Das Brummen der Lüftung, ein enger Sitz und den Duft seines Nebenmanns in der Nase, zum Glück war es kein billiges Aftershave. Wenigstens saß seine Mutter neben ihm, sie hatten Sitzplätze im Mittelgang und er konnte sich die Zeit vertreiben, indem er auf den kleinen Bildschirm im Sitz vor ihm starrte. Kinounterhaltung so viel man wollte. Wow! Ab und zu verfolgte er den aktuellen Standort des Fliegers auf dem Routenplan, den man ständig und zu jeder Zeit einsehen konnte.
Und so landeten sie schließlich auf dem Flugplatz von Salt Lake City in den Vereinigten Staaten von Amerika.

„Na, war doch gar nicht so schlimm, oder?", fragte ihn seine Mutter später, kurz bevor sie den Flughafen verlassen würden. Die Koffer hatten sie zumindest auf

Anhieb gefunden und sie liefen zielstrebig Richtung Ausgang. „War okay der Flug, ich hatte ja wenigstens mein Kinoprogramm." Carlos hatte keine Lust auf Unterhaltung, alles war bereits jetzt so fremd für ihn. Die Hauptsprache war Englisch, das konnte er, dank seiner guten Schulnote, zum Glück recht gut verstehen, aber das andere Sprachangebot war multikulturell. Im Vorbeigehen hörte er mindestens noch fünf weitere Weltsprachen an sein Ohr dringen.

So liefen sie und erreichten bald den Ausgang, der von einer großen mechanischen Tür aus Glas das Tor zu einer völlig neuen Welt öffnete. Sein Herzschlag beschleunigte sich als er draußen die unendliche Anzahl von Bussen, Taxen und anderen Fahrzeugen wahrnahm. Im Hinterkopf läutete immer der Hinweis, dass er gleich seinen Onkel sehen würde, dem er die nächsten Tage ausgeliefert war.

Auch seine Mutter schien unruhig auf dem Platz zwischen all den Sinneseindrücken ein bekanntes Gesicht herausfiltern zu wollen.

Ein Pfiff ertönte plötzlich und sie reckten die Köpfe weit nach links. Am Rand einer Parklücke hielt ein alter Jeep. Pick-up Truck würden die Amerikaner dazu sagen. Besonders schön war das Fahrzeug allerdings nicht, denn mit der grauen Farbe, den abgesplitterten Lackschäden an den Seiten und den stumpf aussehenden Stoßfängern, machte das seltsame Vehikel keinen guten Eindruck. Ein Mann sah aus dem Fenster, der ein ebenso altes Baseballcap trug und ihnen zuwinkte. „Owen!", rief seine Mutter und beschleunigte ihren Schritt. Der Koffer rumpelte über den Asphalt hinter ihr her. Carlos musste sich beeilen, mit ihr Schritt zu halten. „Komm, Carlos, da hinten! Wie schön!" Schnell hatten sie den Truck erreicht, stellten die Koffer neben die überdimensionierten Reifen, wie Carlos

fand, und warteten ab. Owen öffnete die Tür und stieg aus. „Caroline! Das müssen ja Jahre gewesen sein. Nice to see you!" Die beiden drückten sich herzlich. „Owen, wie schön dich endlich mal wiederzusehen! Danke, dass du dir die ganzen Mühen mit uns beiden machen möchtest", entgegnete seine Mutter. Verhalten stand Carlos neben ihnen. „What about you, young man? Du musst Carlos sein. Welcome to America!" Es hörte sich ganz seltsam an, wenn er Deutsch sprach. Es klang wie Kaugummi, dass in die Länge gezogen wurde. Der ganze Typ sah irgendwie sonderbar aus. Carlos fiel als erstes das Baseballcap auf. Wie konnte man eine so zerschlissene Mütze überhaupt noch tragen?, dachte er sich. Das Logo zeigte eine Forelle, die aus einem Bergsee in den Himmel zu springen schien. Catch the day, war darauf zu lesen. Kitschig, wie er fand. Dazu trug sein Onkel ein ebenso altes kariertes Holzfällerhemd mit einer Weste und Jeans, naja, die hätte er zumindest mal waschen können und seine Füße steckten allen Ernstes in dunkelgrünen Gummistiefeln. Zum Glück musste er diesen Typen nicht in Hamburg seinen Freunden zeigen, oder noch schlimmer, mit ihm durch die Innenstadt laufen. Er sah es vor seinem geistigen Auge: „Hey, Carlos, wer ist denn dieser Hinterwäldler?" Oder: „Wow, solche Exemplare von Mann gibt es noch? Was macht der beruflich? Warte, wir raten... . Der entfernt den Schlick aus den Seen und Mooren auf dem Land. Voll Öko! Klimaretter und so. Passt ja richtig zu dir, du Naturliebhaber!" Das wäre peinlich geworden.
Unter der Schirmmütze ragten ein paar schwarze Locken hervor, die Augenbrauen standen als buschiger Vorgarten direkt unter der Stirn. Ein schlecht gestutzter Dreitagebart bedeckte struppig den Rest des ganzen Gesichts.
„Carlos? Willst du nicht antworten?", fragte seine Mutter. Sie riss ihn aus einer Art Tagtraum heraus. „Oh, ja, ich

bin Carlos. Hi. My name is Carlos. Das sagt man doch hier, oder?" Owen musterte ihn mit seinen dunkel blitzenden Augen, schien aber sonst wenig Emotionen im Gesicht zu zeigen. „Yes, that's how it goes. So läuft das hier. Dann steigt mal ein." Sie luden ihre Koffer in den hinteren Bereich des Trucks und seine Mutter nahm vorne Platz. Er musste sich mit der Rückbank begnügen. Sie fuhren los und er blickte aus dem Fenster. Seine Mutter hatte sich nicht viel mit ihrem Bruder zu erzählen. Seltsam, wo sie sich doch so lange nicht gesehen hatten. Ein paar kurze Sätze zum Flug, zum Leben in Hamburg, Germany und dann starrte seine Mutter, genau wie er, aus dem Fenster. „Bitte, lass diese Fahrt nicht aufhören", dachte Carlos. Mit dem Typen musste er, wer weiß wohin fahren, während seine Mutter gleich ein schickes Firmenhotel beziehen würde. Draußen zogen die ersten Landschaften am Fenster vorbei. Sie hatten den Flughafen bereits hinter sich gelassen. Vereinzelt sah er blassgraue Häuser zwischen kargen, bräunlich wirkenden Hügeln stehen und vermisste seine Stadt schon jetzt. Sie passierten die Vororte von Salt Lake City und näherten sich alsbald dem Stadtzentrum. Das sah schon mehr nach seinem Geschmack aus. Carlos richtete sich in seinem Sitz auf und besah sich die ersten amerikanischen Hochhäuser seines Lebens. Wow, er war beeindruckt. Hier war richtig Leben, so wie er es auch aus seiner Heimat kannte. Geschäfte, Cafés und Bürogebäude mit vorbeieilenden Menschen, hier und da ein wenig grüne Bepflanzung und die Leute, die er beobachten konnte, taten das gleiche wie in Hamburg. Sie starrten auf ihr Handy, trugen Einkaufstaschen mit sich herum und führten ihre Hunde spazieren. Immer wieder sah er Gruppen von Bauarbeitern, die seltsam orangefarbene Straßenabsperrungen an

Bauplätzen und Ampeln aufstellten. Und da: Ein typischer Schulbus, wie es ihn nur in Amerika gab! Solche Dinge kannte er sonst nur aus seinen Englischbüchern in der Schule. Vielleicht wurde dieser Urlaub ja doch nicht so schrecklich, wie er es im Vorfeld erwartet hatte. Er könnte noch die Kurve kriegen. Computerspielen im Hotel, WLAN in der Lobby und ab und zu einen Burger mit Fritten im Fastfood Laden um die Ecke. Das würde er seinen Freunden sofort per Nachricht schicken. Ein tolles Foto von ihm in der großen, weiten Welt! Dieser Plan war fantastisch! Sie würden alle staunen, wenn sie erst mal sein Hotelzimmer sehen würden!

„Mom, ich hab eine tolle Idee! Ich komm einfach mit dir ins Hotel. Ich fall dir nicht zur Last. Du gehst Arbeiten und ich finde mich hier schon zurecht. Brauchst dir keine Sorgen um mich machen! Ich habe meinen Laptop dabei, das Handy und ich finde im Hotel bestimmt alles, was ich brauche! Abends können wir dann immer schön Essen gehen, du guckst noch einen Film und ich spiele meine PC-Games. Das ist doch super!" Er räusperte sich: „Owen, thank you. Dass du uns abgeholt hast und so, aber ich will dir auch nicht auf die Nerven gehen. Du bist bestimmt froh, wenn du dich nicht um mich kümmern musst. Wir kennen uns ja gar nicht. Außerdem hast du mit Sicherheit immer viel Arbeit um die Ohren. Trotzdem, danke für alles!" Erwartungsvoll blickte er auf die beiden Erwachsenen im vorderen Teil des Trucks.

Sein Onkel sagte nichts, sondern blickte nur starr geradeaus auf den Verkehr und schaltete das Radio an. Seine Mutter seufzte: „Schatz, es geht leider nicht. Die Firma hat ein Einzelzimmer gebucht und ich kann dich nicht die ganze Zeit allein lassen in diesem fremden Land. Ich hätte nur Sorgen und könnte mich gar nicht auf die

Arbeit konzentrieren. Wir machen es wie besprochen. Dein Onkel hat schon alles vorbereitet, richtig, Owen?" „That's right." Das stimmte also, mehr sagte er nicht und blickte weiterhin nur nach vorn aus der Windschutzscheibe.

Beschleunigen wir an dieser Stelle ruhig das Geschehene. Carlos' Plan wurde von seiner Mutter vereitelt, sie erreichten in Kürze das Hotel und er tauschte, nach einer emotionalen Abschiedszeremonie mit seiner Mutter, den Platz mit ihr im Wagen und saß nun vorn. Die Stadt floss wie im Traum an ihnen vorbei und Carlos hatte in diesem Moment so viel Selbstbewusstsein wie ein Welpe, der in eine neue Familie gebracht wurde. Amerika, die Fremde, er und sein Onkel, diese eisige Stille im Wagen und nur das sonore Dröhnen des Motors auf der Landstraße. Hilfe! Wie sollte er die nächsten drei Wochen überleben?

ON THE ROAD – AUF DER STRASSE

Endlos. Die Straßen sahen einfach endlos für ihn aus. Die Farben der Landschaften, die sie während der Fahrt passierten, schienen immer gleich zu sein: Braun, Weiß, Grau und Rot dominierte auf den Hügeln, die so wirkten als wären sie aus Pudding gegossen, den irgendjemand aus einer überdimensionierten Schüssel gekippt hatte. Garniert war das Ganze mit einem Gelbstich und wenn es nicht die Büsche und Bäume gewesen wären, so hätte es auch die Glasur sein können. Die Stadt hatten sie schon lange hinter sich gelassen und das ländliche Amerika zeigte sich im Herbst von seiner schönen Seite. Indian Summer – so nannte man das prächtige Farbspiel der Bäume zu dieser Jahreszeit hierzulande. Der Himmel war so weit, er erstreckte sich in alle Richtungen, die das Auge nur entdecken konnte und große Berge, auf deren Gipfel Schnee und Eis lagen und funkelnd in der Sonne glitzerten, waren in der Ferne zu erkennen.

Einsamkeit. Ein Wort bildete sich in Carlos' Kopf und ließ ihn nicht mehr los. Natürlich standen hier und da noch Bauernhöfe, aber sie wurden nach den Vororten der Stadt immer lichter und ließen sich nur noch vereinzelt finden. Was machten die Leute wohl hier zu ihrer Unterhaltung? Wie sollte man sich denn die Zeit vertreiben? Er blickte

auf sein Telefon. Zum Glück, er hatte noch Empfang. Völlig abgeschnitten waren sie also noch nicht. Aus dem Radio hörte er irgendeine seltsame Musik, modern konnte so etwas unmöglich sein. Die Sängerin trällerte ständig: Where cowboys ride! Wo die Cowboys reiten. Na, in der Einöde natürlich. Hier gab es einfach nichts.
„Country Music ist das, Carlos", sagte sein Onkel plötzlich. „Gefällt dir das? Wir hören den besten Sender in der ganzen Gegend." Carlos zuckte zusammen, seit fast anderthalb Stunden hatten sie kein Wort gewechselt. „Ja, ist ganz nett", entgegnete er. Das war für die nächsten zwanzig Minuten auch schon die einzige Konversation, die die beiden führten. Er hatte keine Lust sich mit seinem Onkel zu unterhalten, das würden mit Sicherheit unerträgliche Tage für ihn werden. Anblicken mochte er ihn auch nicht, zumindest schien er das zu verstehen, denn er ließ den Jungen in Ruhe seinen Gedanken nachhängen.
Mit einem Mal fiel die Landstraße, die sich bisher in alle erdenklichen Richtungen mal auf und ab, mal links und rechts gewunden hatte, nach unten in ein Tal ab und der Blick war fantastisch. So weit hatte er in seinem Leben noch nicht blicken können, vor allem in der Großstadt versperrten ihm die Häuser eine solche Weitsicht. Die Straße war selbst in weiter Ferne noch zu sehen und schien dort so klein wie auf einer Landkarte zu sein. Mitten im Tal glitzerte ein riesiger See, der von Bergen umringt war. Die Sonne brach durch die Wolkendecke und ließ alles in einem leichten Goldton erstrahlen. An so etwas mussten sich seine Augen erst mal gewöhnen und er konnte nicht umhin, Gefallen an diesem Anblick zu finden. Das schien auch sein Onkel bemerkt zu haben, denn er lächelte kurz und sagte: „Herrlich, nicht wahr? Da hinten liegt Heber City, eine ehemalige Olympiastätte. Ist schon lange her.

Time goes by. So weit kann man nicht an allen Stellen schauen. Den See nennt man Strawberry Lake." Carlos wollte es sich nicht anmerken lassen, dass er für einen Moment die zuvor empfundene Ödnis abgeschüttelt hatte und zuckte nur mit den Schultern. „Ja, geht schon klar. Die Großstadt ist mir lieber."
„Möchtest du einen Snack? Mir knurrt schon etwas der Magen", entgegnete Owen. „Da vorne kommt gleich eine Tankstelle, dort bekommt man etwas Gutes." Carlos rollte mit den Augen. Tankstellenfutter, na herrlich. Aber nun gut, auch er konnte etwas zum Essen vertragen.
Sie fuhren noch ein Stück und hielten bald an der nächsten Kreuzung. Sein Onkel wendete den Truck und steuerte auf den Parkplatz der Tankstelle. Carlos wollte im Wagen bleiben. Während Owen den Shop betrat, beobachtete er die Leute. Nicht zu fassen, die sahen alle so bescheuert aus wie sein Onkel. Meine Güte, dass sind ja durchweg Hillbillies, dachte er. Die haben vom Leben doch überhaupt keine Ahnung. Wenigstens konnte er ab und zu ein paar Handys entdecken. Zumindest etwas.
Sein Onkel kam kurze Zeit später mit einem Paket Essen zurück und stellte es aufs Armaturenbrett der Windschutzscheibe. Er forderte ihn auf zuzugreifen und der Junge probierte einen panierten Hähnchenschenkel, den man in irgendeine Pfeffersauce tunken konnte. Gar nicht übel, dass musste er sich eingestehen. So fuhren sie weiter und gelangten bald an einen Waldrand, der zwischen mächtigen Bergen gelegen war. Owen bog mit dem Truck auf den nächsten Waldweg ein und sie holperten bergauf, mitten in die tiefste Wildnis hinein.
„Was? Wo ist denn die Straße geblieben?", Carlos konnte nicht mehr an sich halten. „Wir fahren ja mitten in den Wald hinein! Hier führen ja nicht mal mehr Stromkabel

entlang? Ist das dein Ernst?" Der Typ konnte doch unmöglich hier in der Gegend leben! Sein Onkel schaukelte im Wagen auf und ab, genau wie er, denn die Schlaglöcher und Unebenheiten des Weges taten ihr übriges. „Warte es doch erst mal ab, Junge. Vielleicht gefällt es dir ja. Ist schön ruhig und abgelegen", antwortete sein Onkel. Sie kamen an einem kleinen Fluss vorbei, über den eine alte, knorrige Holzbrücke führte. Beim Überqueren mit dem Truck knackte und knarrte sie bedrohlich. Im Augenwinkel sah Carlos einen Bären in weiter Ferne direkt im Fluss nach Lachsen fischen. Hatte er richtig gesehen? Freilaufende Bären? Ein ungutes Gefühl breitete sich in ihm aus. „Der Bär! Hast du den gesehen, Onkel? Da war ein Bär!" Owen sah in ruhig aus seinen dunklen Augen an. Er drehte die Musik im Radio leise, denn der Empfang war mittlerweile sehr schlecht geworden. „Hier gibt es viele Tiere im Wald, Carlos. Wir befinden uns im Wasatch National Park. Daran wirst du dich gewöhnen müssen. Mit ein bisschen Glück sehen wir vielleicht sogar einen Elch oder einen Weißkopfseeadler! Hab keine Angst vor ihnen. Respekt und Achtung ist gut, aber Angst ist falsch!"
Er schluckte, ein lebendiger Zoo mitten vor der Haustür. Na, das konnte ja heiter werden. Mit der gewöhnlichen Hamburger Stadttaube, ein paar Hunden im Park oder den Haustieren seiner Freunde hatte das nicht viel gemein. Bei einem Schulausflug in den Tierpark Hagenbeck hatten sie mal Elefanten, Gorillas und Wölfe gesehen, aber der Ausflug hatte ihn nicht begeistert. Sollten die Viecher in ihren Gehegen doch ruhig die anderen Besucher aufmuntern, er freute sich auf seine Computerspiele. Immerhin waren die eingesperrt gewesen und hier lief das ganze Getier frei herum! Er bekam eine Gänsehaut, die sich seinen ganzen Rücken herauf und hinab zog. Carlos

rutschte ganz tief in seinen Sitz und sagte für den Rest der Fahrt gar nichts mehr.

Nach einer weiteren Viertelstunde, vorbei an Baumstämmen, Felsen und Wald, gelangten sie an eine kleine Lichtung, die die Dichte der Wildnis unerwartet zu durchbrechen schien. Umrahmt von drei kleinen Bergen befand sich in deren Mitte ein recht großer See an dem eine Hütte lag. Sie fuhren darauf zu und der Wagen hielt. Owen stieg aus und reckte sich. Er griff in die Brusttasche seines Hemdes und zog eine Pfeife heraus. Ruhig und routiniert stopfte er diese und wartete ab, bis der Junge aus dem Wagen stieg. Hier tat sich eine andere Welt auf, das merkte Carlos augenblicklich. Stille, sie stieg in ihm hoch und nahm in völlig ein. Er konnte das Blut in seinem Kopf rauschen hören. Friedlich lag der See vor ihm und er blickte sich um. Oben auf den Bergkuppen lag Schnee und dichte Wälder säumten die Hänge. Ein kleiner Steg führte ins Wasser, an dem ein Boot angebunden war. Die Hütte schien von außen klein zu sein, doch ahnte er, dass sie von innen geräumiger ausfallen würde. Ihre Fassade war aus dicken Holzstämmen zusammengesetzt die ineinandergriffen und oben in einem spitzen Dach mündeten, aus dem ein Schornstein ragte. Eine kleine Treppe führte hinauf auf die Veranda und das Dach war von Moos und kleinen Sträuchern bewachsen, so dass sich das Haus perfekt an die Umgebung angepasst zu haben schien. Fenster gab es anscheinend auch, doch die waren noch mit Fensterläden verschlossen und es schlich sich beim Jungen der Eindruck ein, als hätte er hier eine kleine wehrhafte Festung vor sich. „Warum liegt denn auf der Treppe ein Brett mit Nägeln?", wunderte er sich. So etwas ähnliches hatte er mal im Internet bei einem Fakir aus Indien gesehen.

„Für die Bären. Die versuchen sonst meine Vorräte zu

stehlen, aber keine Sorge, ich habe hier seit zwei Wochen keinen mehr gesehen", entgegnete Owen und sog an seiner Pfeife. „Komm, es wird schnell dunkel hier, wir laden die Sachen aus und machen ein Feuer. Außerdem muss ich den Hund rauslassen, er ist noch im Haus. Ich konnte ihn nicht auf die lange Fahrt mitnehmen. Come on, pack mit an!" Sie luden die Sachen aus dem Truck und sein Onkel entfernte das Brett mit den Nägeln, lehnte es an die Wand und schloss die Tür auf. Ein großer Hund stürzte augenblicklich heraus und wedelte in überschwänglicher Freude mit dem Schwanz, während er wie wahnsinnig über das Gelände raste und dabei mehrmals den Wagen umrundete. Er sprang an seinem Onkel hoch und jaulte vor Glück. „Darf ich vorstellen? Das ist Sherlock, mein treuester Gefährte. Du kannst ihn Sherly nennen, darauf hört er am Besten." Der Hund hatte braun-rötliches Fell und schien ein Mischling zu sein, der freudig auf Carlos zulief und munter an ihm schnupperte. „Hey, lass das. Die Hose ist frisch gewaschen," sagte er und wendete sich von dem Tier ab. „Ich will jetzt rein. Mir ist kalt und ich möchte gucken, ob meine Mutter schon angerufen hat." Carlos nahm seinen Koffer und war im Begriff in die Hütte zu gehen. Sein Onkel rauchte nach wie vor und sagte: „Geh ruhig rein und sieh dich in Ruhe um. Das obere Bett ist dein Gästebett. Ich schlafe unten." Der Junge drehte sich um und ging wortlos hinein.

Währenddessen klappte Owen von außen die Fensterläden auf, so dass der Rest des Tageslichts den Raum spärlich beleuchtete. Drinnen war es eiskalt und dunkel, Carlos tastete an der Wand nach einem Lichtschalter, der es etwas heller hätte machen können, fand aber keinen. Undeutlich erkannte er einen Ofen, der mitten im Raum stand und an dem eine Art Herd angebaut war, denn zwei Töpfe und eine Pfanne waren auf der Herdplatte zu sehen. Ansonsten gab es noch einen Tisch, aus grobem Holz gehauen, an dem zwei Stühle standen. „Dreh an der Lampe auf dem Tisch Carlos. Daneben liegen Streichhölzer. Light up the room!", rief sein Onkel von draußen. Er tastete sich vor und fand die Lampe. Die Streichholzschachtel lag direkt daneben. Er ergriff ein Zündholz, drehte an dem kleinen Rad am Lampenfuß, entfachte es und hielt die Flamme direkt darüber. Augenblicklich wurde es hell. Ein gemütliches Licht durchströmte die Räumlichkeiten und endlich konnte er sich ein richtiges Bild des Hauses machen.

Er war noch nie zuvor in einem Holzhaus gewesen, die Atmosphäre bedrückte ihn im ersten Moment. Er war an eine normale aber moderne Großstadtwohnung gewöhnt, mit verputzten Wänden, den gängigen Räumen wie Badezimmer, Küche und Wohnzimmer und natürlich einem eigenen Zimmer für sich und seine Mutter. Hier gab es nur einen Raum. An den Wänden hingen Bilder von Landschaften und Fotografien von Tieren, auf einigen Regalen standen einige wenige Teller und es hingen Tassen und Töpfe an Haken befestigt auf deren Unterseite herab. Neben dem Ofen stapelte sich Holz zum Befeuern und in der Ecke gab es eine Schüssel mit frischem Wasser und einem Stück Seife. Zuletzt entdeckte er ein Bett, das etwas abseits im hinteren Bereich des Raumes stand: Owens Schlafgelegenheit. Direkt daneben befand sich ein Korb für den Hund. Wo sollte er bitte schlafen? Oben? Tatsächlich, er hätte fast die kleine Holztreppe neben dem hinteren Fenster übersehen, die nach oben in einen kleinen Spitzgiebel führte. Erst jetzt fiel ihm auf, dass Schneeschuhe, Tierfallen und Angelzeug weiter oberhalb an speziellen Befestigungen angebracht waren. Er kletterte die Treppe hinauf und fand sich an dessen Ende direkt vor einem geräumigen Bett wieder. Es hätte, mit ein bisschen Fantasie, auch ein kleines Zelt sein können, dass oben in Dreiecksform ins Dach eingelassen worden war. Es gab ein kleines Regal für Gegenstände wie Bücher und eine weitere Lampe stand neben dem Kopfkissen. Ein Vorhang hing davor, der anscheinend für Privatsphäre und etwas Gemütlichkeit sorgen sollte. Vielleicht speicherte er auch nur die Wärme besser, überlegte der Junge. Er wuchtete seinen Koffer nach oben und ließ sich aufs Bett fallen. Gemütlich und bequem schien es ja zu sein, dass war ja wenigstens etwas. Eine Sache beunruhigte ihn jedoch erst auf den zweiten Blick. Es gab hier im Raum anscheinend keinen Fernseher, Computer oder ein Telefon! Und da war noch etwas: Wo ging man denn hier bitte schön aufs Klo? Ihm schwirrte der Kopf.

Da öffnete sich die Tür und herein stürmte als erstes der Hund. Sherlock lief schnüffelnd umher und suchte anscheinend nach Carlos. Er blieb vor der Holztreppe sitzen und starrte nach oben. Seine Ohren waren aufgestellt und er guckte neugierig auf den Besucher. Danach betrat sein Onkel die Hütte und ging als erstes an den Ofen. Er öffnete die Klappe, schürte ein wenig in der verbliebenen Glut herum und legte ein paar Scheite darauf. Augenblicklich züngelten die ersten Flammen. „Es wird gleich wärmer hier drin, das geht immer ganz schnell. Ich sehe, du hast dich hier schon zurechtgefunden. Gefällt dir dein Bett?" Carlos nickte. „Du musst hungrig sein, die paar Brocken von der Tankstelle machen uns ja nicht satt. Ich mache uns ein Abendbrot, vielleicht bist du so nett und deckst den Tisch?" Er öffnete eine Klappe neben dem Tisch hinter der sich ein kleiner Kühlschrank befand. Brot, frischer Fisch, Gemüse und Käse wurden aufgedeckt und der Raum füllte sich allmählich mit der wohligen Wärme des Feuers. Carlos stieg hinab und setzte sich zu seinem Onkel. Augenblicklich kam der Hund zu ihm und legte seinen Kopf auf seine Beine. „Oh, Sherly! You got a new friend, hm? Er scheint dich zu mögen, Carlos. Hinter den Ohren wird er besonders gerne gekrault. Du kannst auch zugreifen, der Fisch ist frisch geräuchert aus dem See hier. Ich denke, der wird dir schmecken." Der Junge sah den Hund an. Irgendwie konnte er nicht umhin, Gefallen an dem Tier zu finden. Dessen Augen blickten ihn so tröstlich an, nach alldem, was er heute erlebt hatte. Er befolgte den Rat seines Onkels und strich Sherly über den Kopf. Das Fell war herrlich warm und weich und hatte etwas Beruhigendes an sich. Wohlig schloss der Hund die Augen und genoss die Zuwendung. Nie hatte sich Carlos ein Tier gewünscht, das machte doch nur Arbeit. Wenn er an seine Freunde dachte, dessen Familien Katzen, Meerschweinchen und Wellensittiche hielten, dann war er froh, wenn er sich um seine Computer kümmern konnte. Doch irgendetwas in ihm regte sich, das den Hund hier neben sich als etwas Positives empfand. Er griff zum Brot, bestrich es mit Butter und schnitt sich etwas vom Käse ab. Bedächtig kauend sah er seinen Onkel an. Wie konnte der nur in dieser winzigen Hütte sein Leben verbringen?

So schnell wie die Veränderungen in sein Leben getreten waren, so ging auch dieser Tag zu Ende. Carlos erfuhr, dass es draußen ein Plumpsklo gab, man sich hinter dem Haus mit einem Eimer duschen konnte, in den Löcher gebohrt waren und dass es neben Gas und Sonnenreflektoren keine weiteren Energiequellen für technische Geräte gab. Sein Handy hatte noch die Hälfte seines Akkus und er spielte oben im Bett nach dem Essen ein billiges Spiel indem es um Autorennen ging. Telefonieren funktionierte hier draußen nicht, wie er erfuhr, aber man konnte mit einem Funkgerät

Kontakt zur Außenwelt aufnehmen, doch dazu kommen wir bei Gelegenheit noch. Ein Alptraum. Diese Tage werden ein Alptraum, war sein letzter Gedanke bevor er todmüde den Vorhang zuzog und einschlief.

So verbrachte Carlos die erste Nacht seines Lebens in einem fremden Land, mitten in der Wildnis, umgeben von Sternenschein und Mondlicht. Eine Eule setzte sich über ihm aufs Dach, getrennt von ihm nur durch Holzbalken und Schindeln. Sie blickte auf den glitzernden See hinab, an dessen Ufer das kleine Holzboot seicht im Wasser schaukelte und an dem sich winzige Wellen brachen. Doch davon bekam Carlos natürlich nichts mit.

Mitten in der Nacht wachte er auf. „Scheiße, ich muss aufs Klo", fluchte er. So sehr er es sich auch verkniff, er hielt es nicht mehr länger aus. Seinen Onkel hörte er unten schnarchen und es war stockfinster. „Oh, nee, es nützt nichts. Ich muss raus." Er schwang die Decke zurück und schaltete die Taschenlampe an seinem Telefon ein. Die Hütte war wohlig warm und der Ofen glühte noch. Mit wackeligen Beinen stieg Carlos die Treppe hinab. Fast wäre er auf Sherly getreten der, aufmerksam wie er mit seinen Hundeohren war, freudig winselnd seine nackten Füße auf den untersten Treppenstufen abschleckte. „Lass das Sherlock!", wisperte Carlos und das Tier winselte. Er schlich über die knarrenden Holzdielen und gelangte zur Eingangstür. Leise öffnete er diese und betrat die Veranda. Der Hund quetschte sich augenblicklich durch den kleinen Spalt und lief auf den Hof, wo er von der Dunkelheit verschluckt wurde. Carlos' Herz klopfte wie wild. Es war finster, man konnte kaum etwas erkennen und die Taschenlampenfunktion seines Handys konnte nur notdürftig den Weg beleuchten. Das Klo lag ein wenig abseits neben dem Haus hinter einem kleinen Hügel. Der

Junge hörte die Bäume rauschen und die Eulen rufen. Das überlebe ich nicht. Wahrscheinlich werde ich gleich von einem Puma oder Bären gefressen, dachte er und schlich den Hügel hinauf, während er dem kleinen Lichtkegel behutsam folgte. „Was für ein Ende. Auf dem Weg zum Klo, wie peinlich." So schnell er konnte lief er durch das Gras und gelangte zur kleinen Holzbude. Er öffnete die Tür und setzte sich auf den Toilettensitz. Ah, welch eine Wohltat. Er erleichterte sich und wollte die Klospülung ziehen, es gab aber keine. Genervt stand er auf und in genau diesem Moment ging sein Handy aus. „Scheiße! Verdammte Kacke!", jammerte er und tastete sich vor zur Tür. Die Hütte lag zwanzig Meter vor ihm, er konnte ihre Umrisse erkennen. Er setzte vorsichtig einen Fuß vor den anderen. Da knackte es laut in der Dunkelheit. Er blieb stehen und Entsetzen stieg in ihm auf. Wieder hörte er irgendetwas. Ein leichter Schweißfilm bildete sich auf seiner Stirn. Vorsichtig und behutsam schlich er vorwärts. Bald hatte er die Hütte erreicht und wäre in Sicherheit, wie er dachte. Da streifte irgendetwas sein Bein. Er schrie vor Schreck auf und bemerkte im nächsten Moment, dass der Hund neben im stand und hechelte. „Sherlock, ich bring dich um, du blödes Vieh!" Er hatte sich wirklich zu Tode erschreckt, dabei war es einfach nur der Hund gewesen. Er packte ihn am Halsband und gemeinsam gingen sie schnell in die Hütte. Er legte den Riegel von innen vor und tastete sich hoch zur Leiter. Wieder im Bett angekommen konnte sich Carlos nur schwer beruhigen. „Das darf hier doch alles nicht wahr sein. Help me!" In was für einen Schlamassel war er hier nur geraten. Das würde er seiner Mutter niemals verzeihen.

THE NEXT MORNING – AM NÄCHSTEN MORGEN

Am nächsten Morgen wachte er ausgeruht auf. Er blinzelte und streckte sich in seinem Bett. Sonnenstrahlen fielen durch die Fenster und er sah Staub, der in der Hütte tanzte und langsam zu Boden sank. Carlos stieg die Leiter hinab und fand unten den Tisch bereits gedeckt. Sein Onkel war nirgends zu sehen. Er zog sich rasch ein paar Klamotten über und ging nach draußen. Es war noch früh und der warme Hauch der Blockhütte verzog sich augenblicklich auf der Veranda. Nebel tanzte über den Boden und den See und die Sonne durchbrach hier und da den grauen Schleier. Sein Onkel war bereits samt Hund auf dem See unterwegs, er konnte sie in weiter Ferne auf dem Boot erkennen. Na, er hat mich wenigstens ausschlafen lassen, dachte der Junge und ging hinein um zu frühstücken. Er machte sich ein paar einfache Brote mit Schinken und Käse und trank dazu Milch, die sein Onkel besorgt hatte. Diese wurde in einer Blechkanne aufbewahrt und sah so gar nicht nach Supermarkt aus. Die hat er bestimmt von einer Farm, ging es ihm durch den Kopf. Auch die Butter, der Schinken und der Käse sahen selbstgemacht aus. „Kein Wunder, hier dauert es ja auch drei Stunden bis zum nächsten Laden." Er biss vom Brot ab und kaute andächtig. Sein Handy war stets zur Hand und er stellte erleichtert fest, dass es heute wieder funktionierte. Und so schaute er ob seine Mutter ihm geschrieben hatte. Nichts, kein Balken Empfang und der Akku stand mittlerweile nur noch bei fünfundvierzig Prozent. Irgendetwas hatte der Typ gestern von einem Funkgerät erzählt, er musste heute dringend seine Mutter anrufen oder anfunken? Wie war jetzt der richtige Ausdruck dafür? Später würde er Owen bei der ersten Gelegenheit danach fragen. Er aß den Rest des Frühstücks hastig auf und ging zur Waschschüssel, an der ein frisches Handtuch für ihn hing. Unfassbar für Carlos war die Tatsache, dass sich neben der Schüssel eine Kanne mit frischem Wasser befand. „Noch rückständiger gehts ja gar nicht. Oh man, nicht mal ein Wasserhahn ist hier im Haus. Soll ich etwa zum See gehen und mich da frischmachen?" Widerwillig füllte er Wasser in die Schüssel, wusch sich und putzte seine Zähne. Bis sein Onkel von der Unternehmung zurückkehren würde, könnte es noch dauern. Er durchwühlte seinen Koffer, fand den Laptop und klappte ihn auf. „Ah, sehr gut. Voll aufgeladen." Damit machte er es sich am Küchentisch bequem und suchte nach seinem Lieblings-Adventure-Mittelalterspiel. Das ging auch offline. Erst jetzt bemerkte er, dass ein Foto direkt neben dem Tisch hing auf dem seine Mutter zu sehen war. Sie trug ein Baby im Arm und erstaunt stellte er fest, dass es sich dabei um ihn handelte. Sie sah glücklich aus und das gefiel ihm. Elf Jahre musste das her sein. Warum lebte sein Onkel in Amerika?, ging es ihm durch den Kopf. Eine Frage, die er sich niemals zuvor gestellt hatte. Auch seine Mutter hatte das nie erwähnt, oder doch? Vor seinem geistigen Auge sah er sie bei sich im Zimmer stehen, wenn sie ihn zum Tee in die Küche oder zum Mittagsessen herbei bitten wollte. Oftmals nahm er sie gar nicht wahr, wenn er mit seinen eigenen Dingen beschäftigt war. Dann redete sie etwas im Hintergrund und er winkte nur mit der Hand ab. Er würde ja gleich kommen, das sagte er ihr immer wieder. Doch oftmals waren der Tee und das Essen kalt gewesen und seine Mom schlief bereits auf dem Sofa. Reden und Quatschen sollte sie ruhig mit ihren Freundinnen machen, er war doch nicht ihr Kumpel sondern ihr Sohn. Natürlich unterhielten sie sich auch nach der Schule, wenn sie an zwei Nachmittagen in der Woche eher frei hatte. Dann lachten sie auch gemeinsam und sie tröstete ihn auch bei schlechten Noten, doch wann hatte er sie zuletzt nach ihrem Befinden gefragt? Seit der Trennung von seinem Vater wollte er von Familie nichts mehr wissen. Aber er liebte seine Mutter sehr, dass spürte er in seinem tiefsten Inneren und ohne sie würde er in dieser Welt zugrunde gehen. Musik riss ihn aus seinen Tagträumen. Das Spiel war fertig geladen und begann. Carlos tauchte in seine vertraute Welt ein und vergaß nach einer Stunde schließlich fast, dass er nicht in seinem Zimmer zu Hause war.

„Hey dude, I'm back! Guten Morgen", riss ihn jemand mitten aus seinem Spielfluss heraus. „Hast du gut geschlafen? Wie ich sehe, bist du schon auf und hast gefrühstückt!" Sein Onkel stand in der Tür und trug eine Schnur in der Hand, an der drei Forellen befestigt waren, die er ganz offensichtlich erbeutet hatte. An seinem Bart hatte sich noch ein wenig Raureif verfangen und seine Stiefel waren nass vom Tau des Ufers. Carlos konnte diesen Anblick im ersten Moment gar nicht begreifen, bis ihm

wieder einfiel, wo er war. „Äh, hi, Owen. Ja, ich habe gut geschlafen, danke. Hast du die Fische selbst gefangen?", wollte er wissen.
„Of course, klar. Wir können nachher zusammen rausfahren, wenn du willst?" Carlos schluckte. Raus auf den See? Das überlegte er sich lieber noch mal, er mochte den festen Boden unter seinen Füßen. „Wir müssen die Fische räuchern, komm bitte mit nach draußen und hilf mir", sagte sein Onkel. Damit drehte er sich um und ging aus der Tür. Also, ich bin hier jawohl nicht zum Arbeiten hergekommen sondern als Gast, ging es ihm durch den Kopf, aber er zog sich seine Jacke an und folgte seinem Onkel. Mittlerweile hatte die Sonne den Boden erwärmt und der Tag war klar und frisch. „Hier hinten, Junge!" Owen stand an der Hinterseite des Hauses und bat ihn zu sich. Carlos konnte sehen, wie er an einem Ofen hantierte, der groß wie ein Kleiderschrank zu sein schien und sich mit einer Tür aufklappen ließ. Dort hinein hängte er die Fische, während Carlos Feuerholz nachlegen sollte. Das bekam er gut hin und alsbald stieg dichter Rauch nach oben und sein Onkel schloss den Ofen. „Thanks!" Er blickte ihn freundlich an. „Kein Problem, Owen", sagte er.
„Die Fische werden durch den Rauch gar und köstlich. Wir schauen nachher, ob wir ein leckeres Mittagessen haben oder nicht. Come on, jetzt funken wir deine Mom an." Sein Herz machte einen kleinen Freudensprung!

In der Hütte schloss Owen das Funkgerät an und stellte es ein. Carlos sah interessiert zu, wie immer, wenn es um Technik ging. Nachdem ein paar Knöpfe gedrückt und Einstellungen vorgenommen wurden, knisterte es mehrfach in der Leitung und dann hörte er seinen Onkel den Funkspruch aufsagen, mit dem er das Hotel erreichen wollte. „Salt Lake Plaza, bitte kommen. Bitte kommen, hören sie mich?" Das Ganze lief natürlich auf Englisch ab und nach einigem hin und her und drei unterschiedlichen Männerstimmen, vernahm er plötzlich die wohlvertrauten Klänge seiner Mutter.

„Carlos? Hörst du mich?", knisterte es leicht unverständlich aus der Leitung. „Hier, du musst zum Sprechen den grünen Knopf drücken", erklärte Owen. „Mom, ich kann dich hören! Wie geht es dir?" „Mir geht es sehr gut, Liebling. Ich habe sehr viel Arbeit und falle abends todmüde ins Bett. Aber wir kommen hier gut mit der Firma voran. Die Reise scheint sich schon jetzt zu lohnen. Ich bin ja so froh, dass Owen sich um dich kümmert. Hast du dich schon eingelebt?", wollte seine Mutter von ihm wissen.

Und so erzählten sie sich von den Erlebnissen des ersten Tages. Owen hörte interessiert zu und hatte zum Ende des Gesprächs nur zwei, drei kurze Sätze mit seiner Mutter zu wechseln. Es schien alles in Ordnung zu sein und er beendete den Funkkontakt. Carlos hatte einen Kloß im Hals und kämpfte gegen die Tränen an, die in ihm aufstiegen. Er hatte Heimweh, vermisste seine Mutter und lief urplötzlich stürmisch zur Tür heraus, den Hof entlang bis er zum See gelangte und erst anhielt, als er das Ende des hölzernen Steges erreicht hatte, wo er sich hinsetzte. Er konnte nicht mehr, die Tränen liefen unaufhaltsam seine Wangen hinab. Alles war ihm zu viel. Er wollte nur noch nach Hause und mit seiner Mutter gemeinsam am Esstisch sitzen oder sie in den Arm nehmen. Alles um ihn herum war so fremd und seltsam. Er zog seine Schuhe aus und ließ die Füße ins Wasser baumeln. Eiskalt wie es war, zog er sie jedoch schnell wieder hinaus. Er blickte auf den See und sah einige Greifvögel, die ihre Kreise hoch über den Wipfeln der Bäume zogen. Auf dem Wasser bildeten sich in der Ferne einige Ringe, dort wo Forellen nach Insekten schnappten und die Libellen flogen. Carlos schniefte. Er fühlte sich furchtbar. Da hörte er ein Winseln direkt hinter sich und eine feuchte Nase stupste ihn am Ellbogen an, während sich ein Hundekopf unter seinem Arm hindurch wühlte. „Sherly! Da bist du ja wieder!" Der Hund schleckte ihm durchs Gesicht. „Hey, lass das!", wollte er ihn abhalten, doch stattdessen legte sich dieser auf seinen Schoß. Da vergrub Carlos sein Gesicht im Fell des Tieres und einige letzte Tränen rollten seine Wangen hinab, bis sie im Fell verschwanden. „Ich bin froh, dass du da bist", hörte er sich plötzlich sagen und ihm fiel ein, dass der Hund doch so gerne hinter den Ohren gekrault wurde. Sherlock seufzte zufrieden, als Carlos damit begann und der Junge merkte, wie er sich langsam beruhigte. Wie lange er dann dort so gesessen hatte, mit dem Hund auf seinem Schoß und einfach in die Natur blickte, konnte er nicht sagen, doch plötzlich knarrte der Steg hinter ihm und sein Onkel setzte sich zu ihm.

„Hey, darf ich dich stören, young man?" Carlos sagte nichts, nickte aber. „Das ist einer meiner Lieblingsplätze hier. Du hast Geschmack!" Er stopfte sich wieder seine Pfeife, entzündete sie und rauchte ein wenig. „Hör mal, Junge. Ich habe nicht viel Gesellschaft hier draußen und bin gern allein, das war schon immer so. Ab und zu kommen ein paar gute Freunde hier raus zu mir und bleiben übers Wochenende. Mehr aber nicht. Ich freu mich dennoch, dass ihr mich besucht, du und deine Mom. Sie erzählt immer so stolz von dir und was für ein toller Kerl du geworden bist. Ihre Welt dreht sich um dich." Carlos sah ihn an. „Wirklich, dass sagt sie von mir?" Sein Onkel blies den Rauch über den See. „Ja, du bist ihr Ein und Alles. Das war schon immer so." Der Junge schluckte und blickte in die Wolken. Gedankenverloren kraulte er weiterhin den Hund,

der sich mittlerweile auf den Rücken gedreht hatte. „Du darfst mir Sherly nicht zu sehr verwöhnen", grinste er und sah den Hund an. Zum ersten Mal fielen ein paar Vorurteile von Carlos ab und er blickte interessiert auf seinen Onkel. „Warum lebst du hier?", wollte er von ihm wissen. Er konnte sich die Frage nicht verkneifen. „Meine Mutter hat es nie erzählt. Oder ich wollte ihr nicht zuhören", gab er kleinlaut zu.
„Wir waren immer eine glückliche Familie, Carlos. Auch ich bin in Hamburg aufgewachsen, deine Großeltern kamen aus der Gegend hier, doch sind sie nach einer Deutschlandreise dort hängen geblieben. Deine Großmutter erkrankte kurze Zeit später schwer und dein Opa konnte sich die teuren Medikamente in den Staaten nicht mehr leisten. Diese Hütte war das Ferienparadies unserer Familie und ich bin früh zurück nach Amerika geflogen, habe mich in die Gegend hier verliebt und bin geblieben. Das wars. Ich wollte nie zurück. That's it. Dieses Gefühl von Freiheit habe ich nur hier. Deine Mutter hat das anfangs nicht verstanden und musste sich um unsere Eltern kümmern. Naja, und so sind die Jahre ins Land gezogen. Time goes by. Man hat nur ein Leben." Danach seufzte er. „Ich bin glücklich und ich wünsche dies wirklich jedem Menschen, vor allem deiner Mutter und dir. Ich denke oft an euch, auch wenn wir uns Jahre nicht gesehen haben."

Der Junge nickte. Sie sprachen von da an nicht mehr viel und sein Onkel rauchte seine Pfeife zu Ende, während Carlos einfach nur still dasaß. Das herbstliche Amerika fing sie vollends ein. Auf den bunt verfärbten Hängen zeigten sich die schönsten Farben, während der Wind frisch um ihre Gesichter strich. Das Rauschen der Bäume und das seichte Plätschern des Wassers waren die einzigen

Geräusche die sie hörten. Was von Carlos unbemerkt blieb, war die Tatsache, dass er zum ersten Mal seit Jahren seinen Computer vergessen hatte.

Das Gespräch mit seinem Onkel und seiner Mutter hatte gut getan. Die Tränen hatten die aufgestauten Emotionen aus ihm heraus gespült und er fühlte sich deutlich besser. Wie ihm bereits jetzt auffiel, gab es hier draußen anscheinend immer etwas zu tun. Angefangen vom Räuchern der Forellen, dem Anheizen des Ofens und dem Zubereiten des Essens, musste von Owen vor allem der Nachschub des Feuerholzes geregelt werden. Dazu belud er gegen Mittag seinen Truck mit allen dafür benötigten Utensilien. Carlos bat er, ihm beim Tragen und Beladen zu helfen. So holten sie aus einem kleinen Schuppen, der unweit der Hütte stand, eine Axt nebst Kettensäge, ein paar starke Seile und Messer sowie eine starke Kette mit ein paar Keilen. „Let's go. Wir fahren Holz holen, dass ist hier draußen lebensnotwendig", entgegnete Owen und stieg in den alten Pick-up Truck, der immer noch an der gleichen Stelle parkte. „In Ordnung, ich komme mit", sagte der Junge und wollte auf der Beifahrerseite einsteigen, doch war sein Onkel bereits auf diesen Sitz gerutscht. „Hey, was soll das? Wieso sitzt du nicht am Steuer?" „Weil der Fahrer dort seinen Platz hat", entgegnete Owen. „Los, probiere es mal. Ich helfe dir. Alle Jungs in deinem Alter können in dieser Gegend fahren." Mit diesen Worten zog er sich die Mütze tiefer ins Gesicht und schnallte sich an. Carlos öffnete die Fahrertür und setzte sich mit zitternden Knien hinter das Lenkrad. Sein Onkel zeigte ihm, wie er den Sitz einzustellen hatte und erklärte ihm die Gänge. „Okay, easy, boy. Stell auf D für Drive und geh von der Bremse, das ist übrigens das dicke Pedal ganz links. Dann gibst du vorsichtig Gas und bringst die alte Kutsche hier mal in Bewegung. Das schaffst

du schon. Der einzige, der hier von uns niemals seinen Führerschein machen wird ist Sherlock." Der Hund hatte sich bereits auf dem Rücksitz breit gemacht.
Vorsichtig befolgte er alle Anweisungen seines Onkels. Er drehte den Zündschlüssel um und der Wagen jaulte laut auf. „Das war das Gas, Carlos. Du musst die Bremse lösen." Vorsichtig ruckelnd bewegte sich der Wagen auf dem Hof. Das Herz des Jungen raste wie wild. „Ich, ich kann das nicht, Owen. Gleich landen wir im See!", stöhnte er auf.
„Don't worry, du machst das schon. Jetzt gib ein bisschen mehr Gas, aber mit Gefühl! Dann fahren wir einfach die Straße entlang." Ruckelnd setzte sich der Wagen vom Hof in die angegebene Richtung in Bewegung und unruhig und nervös umklammerte er mit schweißnassen Händen das Lenkrad. „Was tue ich denn, wenn jemand mir entgegenkommt?", wollte er wissen.
„Hier sind nur wir, da passiert nichts. Ich genieße jetzt die Fahrt und schalte das Radio ein. Es stört dich doch nicht, wenn ich die Augen ein bisschen zu mache?"
„Was? Du spinnst ja! Owen ich schaffe das echt nicht." Aber sein Onkel ließ sich nicht beirren und hatte die Rückenlehne seines Sitzes schon weiter nach hinten gestellt. „Schläfst du?" Er bekam keine Antwort mehr und konzentrierte sich auf die Straße und die unzähligen Schlaglöcher, denen er so gut es ging auswich. Manchmal fuhr er zu schnell und musste auf die Bremse steigen und teilweise geriet der Wagen mit dem Reifen auf den Fahrbahnrand und es holperte gewaltig im Wagen, doch sein Onkel ermahnte oder korrigierte ihn in keinster Weise. Es dauerte nicht lange und Carlos hatte den Dreh raus. Sein anfangs so unsicheres Gefühl verwandelte sich in Stolz, das würde er seiner Mutter erzählen. So dicke Trucks fuhren seine Freunde nur im Videospiel, die hatten ja alle keine

Ahnung, wie sich so etwas in Echt anfühlte.

„Du musst bis zur Brücke fahren, dann gib mir Bescheid, dort liegt der Platz, wo wir das Holz fällen können", sagte Owen nach einer Weile und drehte nochmals am Sendeknopf des Radios um die Qualität zu verbessern. An diese schräge Musik gewöhne ich mich nie, dachte Carlos und trat aufs Gaspedal.

Ein wenig später hatten sie die angegebene Stelle erreicht und Owen half ihm, den Wagen zum stehen zu bringen. „Good job! Gute Arbeit", lobte er Carlos. „Für die Rückfahrt brauchst du mich eigentlich gar nicht mehr." Der Junge grinste verlegen. Er fühlte ein Gefühl in sich aufsteigen, wie er es schon lange nicht mehr gespürt hatte. Sie stiegen aus dem Wagen und liefen einen kleinen Pfad entlang, bis sie an eine Stelle im Wald gelangten, wo bereits mehrere Bäume gefällt worden waren. Owen hatte die Kettensäge dabei und ging prüfend zwischen einigen eng aneinander stehenden Bäumen hin und her, bis er lauthals dröhnend an der Kette zog und den ausgewählten dicken Stamm am unteren Fuß ansägte. Krachend schlug dieser auf dem Boden auf. Carlos konnte die Erschütterung deutlich spüren, die die Wucht des Aufpralls verursacht hatte. Sein Onkel bat ihn, einige Utensilien aus dem Wagen zu holen und er lief zurück. Weiter hinten konnte er Owen mit dem Holz arbeiten hören. Der Weg war eng und schmal und führte zwischen dichtem Bewuchs hindurch. Die Sträucher am Wegesrand raschelten beim Vorbeilaufen. Er gelangte schnell am Wagen an, holte die Axt und die Kette von der Ladefläche und beeilte sich, zu seinem Onkel zurückzukehren. Dieser hatte den Stamm bereits in kleine Stücke gesägt und bearbeitete diese anschließend mit der Axt. Die Kette wurde um die kleinen Stämme gelegt und Owen bat Carlos, einige davon zum Truck zu ziehen. Hierzu legte er dem Jungen einen Riemen an, der um seine Schultern reichte und mit der dieser die Arbeit bewerkstelligen konnte. Stamm um Stamm zog Carlos die Stücke zum Wagen, wo sein Onkel sie anschließend auflud und verstaute. Die Arbeit war mühselig und dauerte bis in den frühen Nachmittag, bis sich Carlos Magen regte und lauthals zu knurren anfing.

So fuhren sie alsbald zurück und Carlos durfte wieder auf dem Fahrersitz Platz nehmen. Sein Onkel klopfte ihm auf die Schulter. „Ich bin stolz auf dich, Junge", sagte er. Carlos konnte sich ein Grinsen nicht verkneifen. Vollbeladen rumpelte der Wagen über die holprige Straße, gelenkt von einem elfjährigen Jungen zurück zur Hütte.

Auch hier schauen wir auf das Geschehene. Allmählich schien sich Carlos seinem Onkel ein wenig anzunähern. Es wurden Dinge bei ihm ins Rollen gebracht, die er seit Jahren nicht erfahren konnte. Selbstbewusstsein, Verantwortung und Stolz machten sich im Herzen des Jungen breit. Die Wildnis schlich sich langsam in sein Herz und still doch stetig begann eine Veränderung mit ihm. Das Leben spüren war etwas, was das Videospiel ihm in der Art und Weise nicht vermitteln konnte. Von all diesen Dingen bekam Carlos vorerst nur unterbewusst etwas mit, das Autofahren und die körperliche Arbeit hatten ihn zu sehr vereinnahmt. Wenn er nur ahnen könnte, was noch alles mit ihm passieren sollte, er wäre erstaunt gewesen.

Sie luden schließlich den Truck aus und bereiteten sich in der Hütte ein Essen zu. Anschließend ging Carlos vorerst ins Bett, die Erlebnisse des Tages hatten ihn aufgewühlt, sowohl positiv wie negativ. Er verschlief den Rest des Nachmittags und wurde von seinem Onkel geweckt, der ein leckeres Chili gekocht hatte. Sie aßen schweigend am Tisch und Carlos bemerkte, dass Owen ihm nicht mehr so fremd wie am Anfang vorkam. Verstohlen sah er ihn aus den Augenwinkeln an, wie er ein Stück Baguette abbrach und genüsslich in den Chilitopf tunkte. Der Junge fragte sich, wie ein Mann wie er sich hier so gut zurechtgefunden hatte. Bot die Großstadtmetropole einem denn nicht viel mehr? Wollte er nicht auch mal in Cafés und Bars sitzen oder nach Herzenslust shoppen gehen? Er hatte ihm diese Frage schon insgeheim beantwortet. Ich fühle mich hier wohl, dass hatte er gesagt. Die Hütte, die Wildnis, sein Hund. Alles schien für ihn gut und richtig zu sein. Vielleicht waren ihm andere Dinge wichtig, man musste ja nur seine Kleidung ansehen. Carlos wirbelten noch immer viele Fragen durch den Kopf. Er tat es seinem Onkel gleich, nahm vom angebotenen Brot und tauchte es ebenfalls in seine Portion Chili. Eines musste er ihm lassen, egal um welche Mahlzeit es sich handelte, ihm schmeckte, was er auf dem Tisch fand.

„All right, boy", sagte Owen plötzlich. „Der Tag ist noch jung und abends beißen die Forellen wieder gut, lass uns noch auf den See zum Angeln fahren." Carlos stöhnte auf: „Aber, das ist doch nur was für Langweiler!" Immer wenn er diesen Sport im Internet gesehen hatte, dann konnte er sich keinen Reim darauf machen, was man an dieser Sache interessant finden konnte. Die einzige Sache die er sich in diesem Zusammenhang erklären konnte, war, dass sie den Fisch zum Essen für den Räucherofen brauchten. Außerdem war er heute schon genug in Anspruch genommen worden. „Ich bleibe hier und spiele noch etwas auf meinem Computer, Owen. Fahr nur allein raus. Das ist nichts für mich, das ganze Jagen und so weiter." Er verschränkte die Hände über der Brust und sah Owen an. Dieser schien nicht im Geringsten beleidigt zu sein, sondern räumte in aller Seelenruhe das Essen vom Tisch.

„Wie du meinst, no problem. Dann nehme ich Sherly mit. Ich kenne keinen begeisterteren Bootsfahrer als ihn." So nahm er die Angel nebst Kescher von der Wandhalterung, zog seine Jacke und die Stiefel an und öffnete die Tür zur Veranda. Wie gewohnt nutzte der Hund jede Chance, um augenblicklich nach draußen zu kommen. „See you later, bis später", fügte er mit einem Augenzwinkern hinzu und im nächsten Moment war Carlos allein in der Hütte. Nene, das reicht mir alles für einen Tag, ging es ihm durch den Kopf und er kramte nach seinem Laptop. Er klappte ihn auf, lud sein Spiel und gab sein Kennwort ein. Autorennen, Mittelalter-Adventure oder ein Strategiespiel, was sollte es diesmal sein? Autorennen, entschied er sich. Während das erste Level schnell an ihm vorbeizog und er den Computergegner problemlos schlug, sah er zwischendurch aus dem Fenster. Sein Onkel hantierte am Steg und lud die benötigten Dinge ins Boot. Sherly hatte seinen Posten als Kapitän anscheinend schon eingenommen, denn er bellte Owen an, dass es endlich auf den See ging. Vielleicht feuerte er ihn auch einfach nur an, schneller zu sein. Irgendetwas nagte plötzlich in dieser Situation an dem Jungen. Die Hütte wurde durch das schwächer werdende Licht zusehends dunkler, während draußen die Umgebung noch klar und frisch aussah. Der Laptop hatte sich mittlerweile in den Stand-by-Modus geschaltet. Es kribbelte in seiner Magengegend. „Ach, Scheiße, was soll's!", sagte er mit einem Mal zu sich und lief durch die Tür nach draußen. Sein Onkel hatte mittlerweile mit dem Boot vom Steg abgelegt und ruderte mit kräftigen Schlägen vom Ufer davon. „Owen!", hörte Carlos sich zu seiner eigenen Verwunderung rufen, während er so schnell er konnte zum Steg rannte. „Owen, stop! Bitte, nimm mich doch mit!" Sherlock drehte den Kopf zum Steg und wedelte erfreut mit dem Schwanz, während sein Onkel die Ruder hochnahm und zum Jungen blickte. Fast wäre Carlos ins Wasser gefallen, so sehr hatte er die beiden im Boot beim Laufen mit den Augen fixiert. Owen sagte vorerst nichts, sondern ruderte geduldig zum Steg zurück, auf den Carlos sich mittlerweile gesetzt hatte. Nach wenigen Metern war er wieder beim Jungen angelangt. „Okay, aber gern doch, Junge." Owen sah an Carlos hinab. Keuchend saß dieser auf dem Holz des Steges, während seine Füße fast das Wasser berührten. Der Junge war noch immer im T-Shirt, doch draußen war es mittlerweile herbstlich frisch geworden. Das Licht fiel golden und schwer auf den See und die Berge. „Ich, ich möchte doch mit dir mit. Sorry", stammelte Carlos und blickte verlegen zur Seite. Und nun sah er Owen zum ersten Mal schmunzeln. „Kein Problem, Carlos, ich habe immer eine zweite Angelrute dabei. Zieh dir aber erst mal eine Jacke an, es ist kalt geworden. Außerdem trägst du noch deine Socken. Stiefel wären nicht schlecht." Der Junge blickte an sich herab und es stimmte. Mit Strümpfen und Hemd war er nach draußen gerannt.

Wenig später ruderten sie gemeinsam auf den See hinaus. Fasziniert beobachtete Carlos, wie das Ufer immer kleiner wurde und die Hütte bald nur noch als winziger Fleck in der Ferne zu erkennen war. Während der Bootsfahrt hatte sich der Hund wieder auf seinen Schoß gekuschelt und Carlos ließ es gern geschehen. Ruhig und sanft schaukelte das Boot im Wasser. Sein Onkel legte die Ruder nach einer Weile in die Halterungen und das Boot trieb nun selbst auf der Oberfläche. Er bereitete die beiden Angeln vor und erklärte Carlos, was er zu tun hatte. An der Schnur war ein Kunstköder befestigt, der einem kleinen Fisch täuschend ähnlich sah. Diesen musste man auswerfen, ein Stück absinken lassen und dann die Schnur in gemäßigtem

Tempo einholen. Mit ein wenig Glück biss dann eine Forelle an, die sich diesen angeblichen Leckerbissen schmecken lassen wollte. Zuerst sah er Owen ein paar mal dabei zu und machte anschließend seine ersten, eigenen Versuche. Das Auswerfen gestaltete sich schwieriger als gedacht, die Schnur verhedderte sich mehrmals und fast hätte er den Hund dabei in den Schwanz gehakt. Bei jedem Fehlversuch guckte er besorgt über die Schulter, aber Owen sagte nie ein böses Wort, geschweige denn schien er ungeduldig oder ungehalten über diese ganzen Fehlversuche zu sein. Mit einer Seelenruhe erklärte und zeigte er es ihm wieder und wieder. Mit der Zeit hatte Carlos den Dreh raus und das Auswerfen und Einkurbeln klappte recht akzeptabel. Sein Onkel hatte bereits einen kleinen Fisch gefangen und wieder freigelassen, er war einfach zu mickrig gewesen. Sherlock hatte beide Vorderpfoten über den Bootsrand gehängt und blickte neugierig hechelnd ins Wasser. Der Tag ging allmählich in den Abend über. Da ruckte es plötzlich gewaltig in Carlos' Angel und sie bog sich bedrohlich Richtung Wasser. „Wow, das sieht gut aus. Vorsichtig einholen, Boy!", rief sein Onkel entzückt.
Der unerwartete Biss hatte sein Herz auf Rekordtempo beschleunigt, nie im Leben hatte der Junge mit einem möglichen Fisch gerechnet. So gut er konnte, kurbelte er die Angelschnur ein, was anstrengend und kräftezehrend war, doch laut kreischend zog die Schnur immer wieder von der Rolle ab, wenn sich der Fisch dem Boot näherte. So etwas Spannendes hatte Carlos selten erlebt. Er vergaß in diesem Moment Zeit und Raum und fühlte sich dem Tier am Ende seiner Schnur irgendwie verbunden. Mit zitternden Händen kämpfte er mit diesem. Schließlich sah er einen Kescher neben sich, mit dem sein Onkel den Fisch an Bord hievte. Erleichtert ließ sich der Junge ins Boot

fallen. „Sherly, stop it!" Der Hund wollte aufgeregt nach dem Tier schnappen. „You got a big one! Du hast was Großes erwischt!", hörte er Owen begeistert sagen. Vor ihm zappelte im Netz eine große silbrig glänzende Forelle. Sie besaß einen schlanken Körper und Carlos bewunderte fasziniert ihre schwarz getupfte Zeichnung. Ein wunderschönes Tier, vor welchem er Ehrfurcht hatte. Owen löste vorsichtig den Haken und forderte Carlos auf, die Forelle in die Hände zu nehmen. Noch niemals zuvor hatte er einen Fisch oder ein Wildtier berührt. Es war ein seltsames Gefühl, als er ihn vorsichtig mit beiden Händen hochhob. Vom Kampf noch ganz erschöpft, schien die Forelle nahezu bewegungslos zu sein. Um den Rest kümmerte sich sein Onkel. Er nahm den Fisch aus seiner Hand, betäubte ihn mit einem kurzen Schlag und verstaute ihn anschließend im Boot. Obwohl dieser Akt Carlos sehr leid tat, so war ihm doch klar, dass sie den Fisch zum Abendessen brauchten, denn in der Nähe gab es keinen Imbiss oder Ähnliches. Sie mussten satt werden. Auch darüber dachte er in diesem Augenblick nach. Wie selbstverständlich hatte er sich stets zu Hause am Kühlschrank bedient, wenn seine Mutter vom Einkaufen gekommen war. Fleisch, Käse, Nutella, Butter und Milch waren immer vorhanden. Woher das Essen eigentlich ursprünglich stammte, darüber hatte er noch nie einen Gedanken verloren.
So angelten sie noch eine Weile und sein Onkel hatte noch zweimal Jagdglück. Bei ihm biss leider nichts mehr und so kehrten sie kurz vor der Dunkelheit zur Hütte zurück. Sein Onkel machte die Fische zurecht und Carlos entlud das Boot und fütterte den Hund. Sherlock stürzte sich auf seine Essensration, auch er hatte Hunger. Anschließend machten sie es sich gemeinsam im Haus gemütlich und

saßen vor dem Ofen, der mittlerweile eine wohlige Glut entwickelt hatte. Draußen leuchteten die Sterne zu ihnen herein und das Feuer knisterte und flackerte. Der Junge starrte in die Glut und ihm gingen die Erlebnisse des Tages durch den Kopf. Was hatte sich heute so anders angefühlt als in seinem sonstigen Leben? Er überlegte und bemerkte, dass er von der frischen Luft sehr müde geworden war. Da war aber noch etwas anderes: Es war echt gewesen. Alles was er heute erlebt hatte, konnte er mit all seinen Sinnen spüren. Er hatte den Wind auf der Haut gefühlt, die Aufregung des Autofahrens und Jagens in seinem Herzen gespürt, seine Muskeln gemerkt, mit denen er die Baumstämme zum Wagen gezogen hatte und viele fremde und eigenartige Gerüche wahrgenommen. Der Duft des frisch geschnittenen Holzes und des Räucherofens, ja, der Wildnis, die sie umgab. All das hatte er aufgenommen und es weckte einen Teil von ihm, den er noch nie zuvor in sich bemerkt hatte. Fast wäre er auf dem Stuhl eingeschlafen, hätte Owen ihn nicht darauf aufmerksam gemacht, dass er selbst nun auch bald zu Bett gehen wollte. Er stopfte sich noch eine letzte Pfeife und setzte sich draußen auf die Veranda zum Rauchen, während Carlos erschöpft in seinem Bett einschlief.

Wie in jeder Nacht rauschte der Wind von den Bergen herab um das Haus. Ein Junge aus der Großstadt fing langsam an, sich in einer fremden Welt einzugewöhnen.

EIN UNERWARTETER BESUCHER

Am nächsten Morgen war es in der Hütte ungewöhnlich still. Carlos gähnte, reckte sich und setzte sich in seinem Bett auf. Kein Laut war aus der Hütte zu vernehmen. Der Junge dachte sich aber nichts dabei und kletterte hinab, um sich seine Kleidung anzuziehen, sich zu waschen und für den Tag bereit zu machen. Kaum hatte er den Fußboden betreten, da fiel ihm ein weißer Zettel auf, der auf dem Tisch lag, wo bereits aufgedeckt war. Neugierig hob er ihn auf und las, was darauf geschrieben stand:

„Good morning, Carlos! Ich hoffe, du hast gut geschlafen. Ich wollte dich nicht wecken, aber ich muss heute dringend zu den Jonsons rüberfahren, ich habe bei ihnen auf der Farm etwas Wichtiges zu erledigen. Zwei Rinder kalben und sie haben mich gestern Abend angefunkt,
dass sie dringend Unterstützung gebrauchen können. Du findest etwas zum Essen auf dem Herd im Topf und im Kühlschrank. Nimm dir alles, was du brauchst. Sherlock habe ich dir hiergelassen, damit du dich nicht so einsam fühlst. Ich bin heute Nachmittag zurück. Leider ging es nicht anders, sorry! Take care, Owen."

Nun, dass war ja kein Problem. Der Hund war sicher draußen und er ging zur Verandatür und trat ins Freie. Er reckte sich und sah hinaus zum See. Die Fischadler kreisten und ein wolkenverhangener Himmel tauchte die Welt in ein trübes Grau. Alles war feucht und nass dort draußen und irgendwie so gar nicht einladend. Der Pick-up Truck war tatsächlich nicht da und Sherlock nirgends zu sehen, aber er machte sich keine Sorgen und ging zurück in die Hütte. Diese Tage waren ihm eigentlich am liebsten. So konnte er gemütlich vor dem PC sitzen und den ganzen Tag verspielen: Game Day. Herrlich. Schon zum Frühstück klappte er den Laptop auf und spielte bei Milch und Käsebrot sein Lieblings-Adventure. Level um Level starrte er auf den PC und ließ die Welt an sich vorbeirauschen. Es war ein altbekanntes und vertrautes Gefühl, denn so hatte er die meiste Zeit des Tages in den letzten Jahren hinter sich gebracht. Nur Schade, dass er seine Freunde nicht online dazuschalten konnte. Internet in dieser Wildnis? Leider Fehlanzeige. Aber es war besser als nichts und so nahm Carlos schließlich nichts anderes mehr war, als den kleinen Bildschirm, in dessen Welt er vollends abtauchte.

Er wusste nicht, wie lange er bereits gespielt hatte, doch mit einem Mal kratzte es winselnd an der Tür. Carlos fuhr erschrocken hoch und bemerkte, dass er völlig die Zeit vergessen hatte und ließ den Hund herein. Sherlock sprang freudig an ihm hoch und lief zum Futternapf, der in einer Ecke neben Owens Bett stand. „Du hast ein freies Leben hier", murmelte er und fütterte den Hund. Gierig schlang dieser die Brocken in sich hinein und wollte anschließend ein paar Streicheleinheiten vom Jungen. Carlos setzte sich wieder an den Tisch und spielte weiter. Er war froh, etwas Gesellschaft zu haben. Da es langsam kälter wurde, befeuerte er den Ofen, so wie sein Onkel es ihm gezeigt hatte und nahm sich ein kaltes Mittagsessen aus dem Topf: Es war das Chili von gestern Abend, aber Carlos war nicht wählerisch und aß nebenbei, während er spielte. Das Spiel war spannend, er hatte so viele Punkte wie noch nie und konnte alle gestellten Aufgaben mit neuen Items lösen, die er in der Fantasiewelt des PC-Spiels fand. Dies schien ein gar nicht schlechter Tag zu werden, er fühlte sich fast wie Zuhause. Der Hund hatte sich mittlerweile vor dem Ofen ein bequemes Plätzchen gesucht und schlief. Die Welt zog draußen an ihm vorbei und die Stunden des Tages flossen dahin. Carlos hätte wohl ewig so weitergemacht, doch irgendwann erschien ein Symbol auf dem Rechner, dass der Akku keine Energie mehr hatte und dringend aufgeladen werden musste. Schnell ging er zu seinem Koffer und wühlte darin herum um das Stromkabel zu finden. Irgendwo unter die Pullover und dicken Socken hatte er es doch mit Sicherheit gepackt, oder? Er kramte kreuz und quer in allen Sachen herum, bis er schließlich den ganzen Inhalt auf dem Boden auskippte und auf Knien die Sachen durchstöberte. Sherlock hob seinen Kopf, stellte die Ohren auf und besah sich neugierig das Treiben. Carlos stieß einen Fluch aus, als ihm klar wurde, dass er in all der Aufregung des schnellen Abflugs sämtliche Stromkabel vergessen hatte. „So ein Mist! Wie konnte ich nur so blöd sein? Das ganze Zeug liegt in Hamburg. Scheiße!" Das bedeutete für ihn den Supergau. Er hatte den Laptop und das Spiel in all der Aufregung völlig vergessen. „Oh, nein, mein Spiel!", rief er ärgerlich und stürzte zum Tisch. Ein schwarzer Bildschirm blickte ihn an. „Das darf doch nicht wahr sein", brüllte er und Tränen der Frustration und des Zorns traten in seine Augen. „Ich dreh durch. Das hatte ich ja alles gar nicht abgespeichert!" Er knallte vor Wut den Laptop zu und warf ihn in eine Ecke des Zimmers, wo er auf dem Boden aufschlug und eine Ecke abplatzte. Der Hund sprang auf und jaulte, so sehr erschrak er dabei. Augenblicklich bereute Carlos diesen Wutausbruch und er stützte zum Computer und besah sich den Schaden. Ein Stück Plastik fehlte, doch sonst hatte das Gerät nicht viel abbekommen, auch der Bildschirm war noch heil, wie er erleichtert feststellte. Er saß im Schneidersitz auf dem Boden und blickte sich resigniert im Raum um. Sherlock sah ihn skeptisch an, er war durch die Aktion etwas verunsichert, das merkte er sofort. „Tut mir leid, Sherly, komm mal her", lockte er den Hund, der geduckt zu ihm schlich, so als hätte er etwas falsch gemacht. Carlos nahm ihn auf den Schoß und kraulte ihn nachdenklich. Das Tier entspannte sich umgehend und er schleckte Carlos durchs Gesicht. „Alles wieder gut, Sherly. Das war nicht richtig von mir." Er drückte den Hund fest an sich und spürte das warme Fell, dass ihm immer vertrauter wurde. Wenn er ehrlich mit sich selbst war, so fühlte er sich nach den ewigen Stunden am PC immer so leer. Auch jetzt ging es ihm so. Andererseits wollte er immer gerne weiterspielen, doch irgendwie hatte er sonst nicht viel neben der Schule am Tag auf die Reihe bekommen. Seine Mutter hatte ihm oft vorgeschlagen in den Fußballverein oder zum Schwimmen zu fahren, doch er hatte stets abgelehnt. Sport, das wollte er nicht und die Gesellschaft von zu vielen Menschen ging ihm auf die Nerven. Er dachte an gestern, wie er aus eigener Kraft ein Auto gefahren hatte. Er war so stolz gewesen. Und dann der tolle Fang auf dem Boot mit seinem Onkel! Sein Onkel, ein ihm fremder Mensch, den er anfangs immer so skeptisch und mit Vorurteilen betrachtete hatte, wurde ihm allmählich sympathisch.

Carlos beschloss, nach draußen zu gehen. Er räumte seinen

Koffer auf, legte den PC sorgfältig hinein und zog sich Jacke, Mütze und Stiefel an. Schnell tat er noch drei neue Scheite in den Ofen, damit die Hütte für ihn und seinen Onkel warm wurde. Irgendwie wollte er Owen eine Freude machen, wenn dieser zurückkam, was bald der Fall sein müsste. So ging er mit dem Hund nach draußen auf den Hof und sah einen Stock, der auf dem Fuß der Veranda lag. Sherlock stürzte sich darauf und trug ihn stolz in seinem Maul herum. Mit einem Mal legte er diesen jedoch vor die Füße des Jungen und sah ihn auffordernd an, während er seicht mit dem Schwanz wedelte. Das verstand Carlos nun sofort, er hatte in Hamburg im Park etliche Hundebesitzer mit ihren Tieren spielen sehen. Er warf den Stock, so weit er konnte und Sherlock stürzte freudig hinterher, nur um das Spiel so schnell wie möglich wieder von vorne zu beginnen. Carlos fand es sehr unterhaltsam und so warf er den Stock etliche Male und schlenderte dabei um das Haus, den angrenzenden Schuppen und bis zum See hinunter. Der Hund hatte eine bemerkenswerte Ausdauer und so verlor der Junge irgendwann die Lust dazu.

Er besah sich nochmals den Steg mit dem Boot, dachte an sein Angelerlebnis und schlenderte hinter das Haus zum Räucherofen. Irgendwie freute er sich auf die Forellen, die dort noch immer hingen und lecker dufteten. Schließlich hatte er eine davon selbst gefangen. Er ging weiter zum kleinen Hügel und benutzte das Plumpsklo, an das er sich ebenfalls allmählich, wenn auch mit einigem Widerwillen, gewöhnte. Als er sich auf die hölzerne Sitzvorrichtung gesetzt hatte, hörte er den Hund mit einem Mal bellen.

Im ersten Moment dachte Carlos, dass sein Onkel bestimmt mit dem Wagen zurückgekehrt sei, doch das Bellen des Hundes wurde immer intensiver und das beunruhigte ihn sehr. So schnell es eben ging erleichterte er sich und stürzte ins Freie. Er lief den kleinen Hügel hinauf und wieder runter zur Hütte, wo er einen besseren Blick auf den Hof hatte, denn dort musste der Hund sein. Er stürmte am Räucherofen vorbei und hatte endlich freie Sicht auf den Vorplatz des Hauses. Beim Anblick der sich ihm nun bot, gefror ihm das Blut in den Adern und er blieb instinktiv stehen. Ein Bär, groß, zottelig und mit wildem Aussehen näherte sich auf der Zufahrt zum Hof der Hütte. Langsam und mit mächtigen Tatzen ging dieser Schritt um Schritt vorwärts. Der Hund bellte wie verrückt, hielt jedoch gebührenden Abstand zum Wildtier und knurrte mit aggressiv gefletschten Zähnen. Da richtete sich das mächtige Tier auf und stellte sich auf die Hinterbeine. Carlos bekam Panik. Auf diese Art und Weise war er bestimmt über zwei Meter groß. Die Hütte, dort war der einzige Ort, wo er Schutz suchen konnte. Doch was war mit dem Hund? Ein Tatzenhieb und es wäre um Sherlock geschehen. Noch hatte er genug Entfernung zwischen sich und dem Bären. Er rannte so schnell ihn seine Beine trugen zur Veranda, während er gleichzeitig den Hund rief. Fast war er an der Tür angekommen. Der Bär blickte augenblicklich auf ihn und stellte sich wieder auf seine vier Pranken. Carlos rüttelte an der Tür und bekam sie zuerst nicht auf. Der Bär näherte sich neugierig und steuerte die Hütte an, direkt auf Carlos zu. „Sherlock, hier hin! Sofort!", doch der Hund war wie wild und umkreiste den Bären weiterhin bellend und knurrend. Davon war dieser abgelenkt und ließ ein Brüllen hören, das dem Jungen in Mark und Bein fuhr. Carlos riss an der Tür und endlich ging sie auf, er hatte in dem ganzen Durcheinander am Griff gezogen, statt zu drücken. „Sherlock, verdammt noch mal, hier hin, jetzt!" Da reagierte der Hund endlich und lief ihm entgegen zur Hütte. Carlos betrat diese hektisch und ließ nur einen kleinen Spalt offen, mit dem er das Geschehene beobachten konnte. „Sherlock, beeil dich, komm endlich!" Seine Stimme verschluckte sich fast, so sehr brüllte er verzweifelt nach dem Hund. Er war so voller Entsetzen, gleich würden seine Beine versagen. Der Hund flitzte in die Hütte. Endlich! Carlos verschloss mit dem Riegel die Tür und Schweiß rann ihm am ganzen Körper herab. Was hatte sein Onkel ihm bei einem Bärenangriff geraten? Noch nichts! Das war immerhin seine erste Woche hier! Carlos versuchte keinen Laut von sich zu geben und kroch auf allen Vieren zum Fenster. Er wagte einen Blick nach draußen. Der Bär ging seelenruhig über den Hof und schnüffelte am Schuppen. Da er dort nichts Interessantes zu finden schien, näherte er sich der Hütte. „Oh, nein", Carlos erzitterte. Gleich hätte das Tier die Veranda erreicht, doch es blieb mit einem Mal stehen und hielt prüfend die Schnauze in den Wind. Irgendetwas schien der Bär erschnüffeln zu können, da er plötzlich ums Haus bog und aus dem Sichtfeld des Jungen verschwand. Kurze Zeit später hörte Carlos ein gewaltiges Rumpeln. Das klang eindeutig nach dem Räucherofen mit den Fischen! Aber natürlich, dieser Duft musste ihn angelockt haben. Carlos überlegte, was er tun könnte. Doch viel Zeit zum Nachdenken blieb ihm nicht, denn wenig später hörte er die Holzdielen der Veranda schwer knarren. Der Bär kam zum Haus. Selbst Sherlock hatte sich mittlerweile unter den Tisch verzogen und kauerte zusammengerollt in einer Ecke. Carlos war verzweifelt. Er wagte nicht, sich zu bewegen, geschweige denn noch mal aus dem Fenster zu blicken. Plötzlich gab es einen gewaltigen Ruck und die Tür erzitterte. Der Junge schrie auf und wie von Sinnen fiel ihm plötzlich nur ein Platz ein, wo er sicher war: sein Bett. Er stieg in Windeseile nach oben und zog die Leiter zu sich hoch. Hier würde er hoffentlich in Sicherheit sein. Doch was war mit dem Hund? „Sherlock, bleib ruhig!", flüsterte Carlos. Es kratze draußen gewaltig am unteren Teil der Tür, der Bär versuchte ins Innere zu gelangen. Carlos konnte nicht anders, ihm liefen vor Angst die Tränen übers Gesicht. Doch die Tür schien standzuhalten. Das Tier ging prüfend weiter und von seinem Versteck aus konnte er beobachten, wie sich der Bär nun am Fenster zu schaffen machte. „Das Glas!", entfuhr es ihm wie versteinert. Kein Problem für diesen Koloss, ein Prankenhieb und es würde in tausend Stücke zersplittern! Das würde er nicht überleben. Warum hatte er nicht noch schnell die hölzernen Fensterläden vorgeklappt?! Er konnte nicht an alles denken. Der Bär hatte sich jetzt wieder auf die Hinterbeine gestellt und hielt zwei gewaltige Tatzen an das Fensterglas gedrückt. Carlos schlüpfte unter die Decke und kauerte sich dort, ebenso wie Sherlock unter seinem Tisch, ein. Der Bär ließ eine Art Grunzen und Knurren vernehmen, das schrecklich war. Der Junge konnte nun an nichts mehr denken. Völlig reglos lag er unter der Decke und lauschte den fürchterlichen Geräuschen. Er hörte bereits das Glas unter dem Gewicht des großen Tieres arbeiten. Carlos war erstarrt in der Dunkelheit. Da vernahm er plötzlich einen lauten Knall und der Bär ließ augenblicklich von seiner Tätigkeit ab. Es knallte nochmals fürchterlich. Gewehrschüsse waren das, aber natürlich! Er hörte im nächsten Moment jemanden laut brüllen und rufen und abermals mit dem Gewehr schießen. Das Tier floh von der Veranda und es war nichts mehr zu hören. Carlos lag in seinem Bett und wusste zuerst nicht, was genau geschehen war. Wieder ruckelte es an der Tür und der Junge schrie auf, doch herein stürmte sein Onkel mit dem Gewehr in der Hand. „Carlos, wo bist du?", rief er

aufgeregt in die Hütte. Die Decke regte sich und ein Kopf kam zum Vorschein. „Owen, ich bin hier oben", sagte er und heulte. Er holte die Leiter hervor und sein Onkel stieg schnellen Schrittes die Treppen zum Bett hinauf, wo der Junge ihm um den Hals fiel. „It's alright. Alles ist gut, Junge, es ist nichts passiert, der Bär ist weg."
Tränen der Erleichterung strömten Carlos, dem Jungen aus der Großstadt, über Gesicht und Wangen und Owen hielt ihn so lange im Arm, bis er sich beruhigt hatte. „Wow, du hast gut gehandelt. Hier oben hätte er dich nicht erwischt", lobte ihn Owen.

„Aber Sherlock, wenn er nicht gewesen wäre, ich hätte den Bären nicht gehört, dann wäre es zu spät gewesen. Ich glaube, er wollte mich beschützen und hat das Tier so lange aufgehalten, bis ich mich in die Hütte retten konnte. Oh, Owen, ich hatte solche Angst." Sein Onkel legte ihm eine Hand auf die Schulter und sah ihn an: „Jeder hätte Angst gehabt, Carlos. Jetzt hast du deine erste Story fürs Lagerfeuer, was?" Ein erstes, erleichtertes Grinsen entfuhr dem Jungen. Sie wurden von unten durch ein leises Winseln gestört. Sherlock saß auf dem Fußboden unter der Leiter und wollte zu den beiden hoch. „Sherly, du bekommst heute einen dicken Knochen zur Belohnung", sagte Owen. Er stieg herab und lobte den Hund ausgiebig. Auch Carlos wagte sich vom Bett herunter, obwohl ihn seine Beine noch nicht wieder so kräftig trugen wie sonst. Der Hund lief sofort zu ihm und sprang freudig an ihm hoch. Carlos drückte ihn und herzte das Tier. „Du warst ganz tapfer, Sherlock. Ohne dich säße ich jetzt nicht hier." Das nächste was Carlos spürte, war eine nasse Hundezunge, die ihm der Länge nach durchs Gesicht fuhr. „Uäääh, danke, Sherly. Jetzt brauche ich keine Dusche mehr!"

Nachdem sich die Situation beruhigt hatte, gingen sie nach draußen und besahen sich den Schaden. Es war mittlerweile später Nachmittag geworden. Der Bär hatte dicke Kratzspuren an der Eingangstür und am Fenster hinterlassen, sonst war aber nichts Schlimmeres festzustellen. Sie gingen hinters Haus und fanden dort den Räucherofen völlig demoliert. Die Fische waren alle fort und Owen nahm seine Mütze ab, während er sich den Schaden besah. „Oh, my goodness, da werden wir einen neuen Ofen bauen müssen, Carlos. Der ist hinüber, nur noch ein Haufen Schrott", stöhnte sein Onkel. „Schade um die schönen Fische", bemerkte der Junge und dachte wehmütig daran, dass der Bär ihn irgendwie um seinen ersten Fang betrogen hatte.

„Well, jetzt wird es Zeit für etwas Gutes und Ruhiges. So ist das halt manchmal hier in der Wildnis." Sein Onkel atmete tief ein und sah zum Himmel. Die Wolken waren verschwunden und es hatte aufgeklart. Carlos sog ebenfalls die frische Luft ein und merkte, wie er wieder ruhiger geworden war. „Weißt du was, weil du so tapfer warst, machen wir heute ein Lagerfeuer, was meinst du?", schlug sein Onkel vor. Der Junge umschlang ihn wie von selbst mit seinen Armen und drückte ihn nochmals. Er war noch nie so froh gewesen, einen Erwachsenen bei sich zu haben. Die Erleichterung floss in ihn hinein und alle Ängste des Tages verblassten wie das Licht auf den Bergen, die allmählich in Dunkelheit gehüllt wurden.

Sie schichteten noch in der Finsternis auf dem Hof das benötigte Feuerholz auf und Carlos durfte mit einem Wetzstein das Lagerfeuer entzünden. Die Flammen loderten auf und Funken stiegen in den Nachthimmel. Flackernd beleuchteten sie den See und die wohlige Wärme breitete sich schnell auf ihren Gesichtern aus. An einem Stock brieten sie Äpfel, die hervorragend schmeckten und Sherlock lag glücklich, an einem dicken Knochen knabbernd zwischen ihnen.

So ließen sie den Tag ausklingen und genossen die Stille und ruhige Atmosphäre nahe des Wassers.

EIN FUNKSPRUCH DER VERTRAUTES BRINGT

Als Carlos abends im Bett lag, gingen ihm die Erlebnisse des Tages durch den Kopf. Er hatte sich zum ersten Mal in seinem Leben in einer bedrohlichen Situation befunden. Das war eine ganz neue Erfahrung für ihn gewesen. Sicher hatte das Wildtier nur nach Nahrung gesucht, doch als Bärenhäppchen für zwischendurch wollte er nicht noch mal enden. Sein Onkel hatte ihn für sein Verhalten gelobt und der Hund war ebenfalls immer vor Ort, um frühzeitig vor Gefahren warnen zu können. Zur Sicherheit hatte Owen im Schuppen nach einem Bärenspray gesucht. Dieses konnte man stets um den Gürtel tragen und er hatte Carlos noch am gleichen Abend damit ausgestattet. Näherte sich ein Bär in der Wildnis, dann konnte man mit einem Chemiecocktail eine gezielte Dosis auf die Bärennase sprühen und die Tiere ließen in der Regel schnell vom Menschen ab. Das beruhigte den Jungen sehr und er würde für die Dose immer einen Platz im Haus finden, falls sein Onkel ihn je wieder allein ließ. Von Sherlock war er gerührt, denn der Hund hatte ihn heute verteidigt und beschützt. Sowieso war er von der Zuneigung des Tieres im Laufe der ersten Tage sehr gerührt gewesen.

So langsam konnte er die Hundebesitzer verstehen, die in den Parks bei ihm Zuhause so an ihren Vierbeinern zu hängen schienen. Er hatte ihn gern, so richtig gern und wer weiß, vielleicht würde seine Mutter ihm später zu Hause einen Hund kaufen? Ob er sich auch in der Großstadt gut um ihn kümmern konnte? Das war abzuwarten. Wie es wohl seiner Mutter im Hotel und mit der Arbeit ging? Vielleicht konnten sie morgen noch einen Funkversuch mit ihr starten. Mit diesen Gedanken und letzten Tagträumen schlief er schließlich ein.

Am nächsten Morgen weckte den Jungen ein nie zuvor gehörtes Geräusch. Gleich beim Aufwachen wusste er, dass es sich um nichts Bedrohliches handelte, doch fremdartig schien es irgendwie trotzdem zu sein. Es rauschte und klopfte so penetrant, dass es ihn aus seinem sonst so tiefen Schlaf gerissen hatte. Er rieb sich die Augen, gähnte und stieg die Leiter hinab. Sein Onkel schlief noch und so verhielt er sich so leise und rücksichtsvoll wie es nur eben ging. Er ging ans Fenster und Sherly reckte sich in seinem Körbchen, in dem er wie ein Yogakursteilnehmer komische Verrenkungen machte, bevor er schwanzwedelnd zum Jungen ging. Besonders das Hochstrecken des Hundehinterteils brachte Carlos zum Lachen, doch er verkniff es sich so gut er konnte und presste eine Hand vor den Mund. „Good morning, Sherly", schmunzelte er. „Du bist ja schon wach." Er sah nach draußen und wusste, woher das Geräusch stammte. Es regnete in Strömen. Dicke Bindfäden zogen sich vom Himmel wie Schnüre auf die Erde herab und hatten große Pfützen auf dem Hof hinterlassen und die Wege in Schlammbäder verwandelt. Dadurch, dass der Regen auf das Holz traf, hörte es sich ganz anderes an als bei ihm Zuhause. Er ging zum Ofen und befeuerte diesen mit einigen Scheiten und dann deckte er leise den Frühstückstisch. Er fand auch die Kanne Kaffee, die sein Onkel jeden Morgen und Nachmittag auf den Herd beim Ofen stellte und kochte, so gut er konnte, das Wasser mit dem Kaffeepulver auf. Davon wurde Owen geweckt. „Oh, guten Morgen. Es duftet hier so herrlich nach Kaffee. Was ist das denn hier für ein toller Service. Ich glaub, ich bin im Hotel! Morning, Carlos." Er reckte sich und trat ebenfalls zum Fenster. „Oh je, da können wir heute lieber hier drinnen einen gemütlichen Tag machen. It's raining cats and dogs!" Er setzte sich an den gedeckten Tisch und nahm sich einen Becher Kaffee, den er sichtlich genoss. Dann frühstückten beide ausgiebig und Carlos bat seinen Onkel, dass Funkgerät nochmals anzuschalten, um Kontakt mit seiner Mutter aufzunehmen.

Sie führten das übliche Prozedere durch und hatten sie schnell im Hotel erreicht. „Carlos", knisterte die Stimme seiner Mutter aus der anderen Leitung: „Wie geht es dir denn, mein Großer?" Der Junge sprach ins Mikrofon und freute sich, die vertraute Stimme seiner Mutter zu hören. „Oh, Mom, ich habe hier so viel erlebt, du wirst es nicht glauben! Ich bin Auto gefahren, habe einen Fisch gefangen und dann wurde ich gestern fast von einem Bären gefressen!", überschlug sich seine Stimme am Mikrofon. „Na, übertreibst du nicht ein bisschen? Ich glaube ich muss gleich mal mit deinem Onkel reden", kam als Antwort zurück. „Nein, Mom, es stimmt alles, du kannst gleich Owen fragen. Aber mir gehts gut, wirklich! Du musst unbedingt Sherlock kennenlernen, dass ist der beste Hund der Welt. Er ist mein Superdog, er hat mich verteidigt!" Carlos erzählte ausgiebig von den gestrigen Erlebnissen. Seine Mutter hörte staunend zu. „Spricht dort wirklich mein Junge am anderen Ende oder hat Owen dich ausgetauscht?", staunte sie.

„Mom, bitte, lass die Scherze, das ist die Wahrheit!"
„Weißt du was, ich glaube ich komme euch morgen mal besuchen, was hältst du davon?" Über diesen Vorschlag freute er sich über alle Maßen und Owen, der neben ihm saß und zuhörte, reckte die Daumen nach oben und signalisierte, dass er natürlich einverstanden war. So verabredeten sie sich und die Aufregung und Vorfreude nahm ihn völlig ein. Für einen Moment vergaß er vollends den regnerischen Vormittag.

Die Aussicht, dass seine Mutter morgen übers Wochenende kommen sollte, beflügelte ihn regelrecht. Doch was sollte er mit dem Tag anfangen? Sein Laptop war entladen und die restlichen Akkukapazitäten seines Handys wollte er sich lieber für eventuelle Notfälle aufsparen. Owen kramte jedoch in einer Schublade des Tisches und förderte ein altes Kartenspiel hervor.

„Es gibt nichts Besseres, als bei Regenwetter Karten zu spielen", schlug er vor. Carlos sträubte sich am Anfang, ließ sich dann aber auf das Spiel ein, da er eh nichts anderes machen konnte. Die Karten mussten so gelegt werden, dass er Zahlen von eins bis vierzehn sortieren konnte. Sein Onkel teilte diese aus und dem Jungen fiel auf, wie abgenutzt die Spielkarten bereits waren. Zu Beginn des Spiels gewann sein Onkel mehrere Male hintereinander, aber dann wurde Carlos zusehends besser und durchschaute die Strategie und Taktik der Karten. Er fand immer mehr Gefallen daran und so floss der Nachmittag an ihnen vorbei. Owen ging mehrmals für Raucherpausen nach draußen und selbst der Hund wagte sich nur für ein nötiges Geschäft vor die Tür. Völlig verschlammt und verdreckt mussten sie Sherlock im Anschluss putzen. Zwischendurch bereitete Owen ihnen einen leckeren Tee zu und sie achteten stets darauf, dass der Ofen die Hütte warm und gemütlich hielt. Am Abend entzündeten sie Kerzen und Öllampen und Owen kramte eine alte Kiste hervor, die der Junge noch nicht kannte. „All of my books!" Wie sich herausstellte, hatte Owen verschiedene Bücher in seiner Sammlung und bot Carlos an, sich ebenfalls etwas Interessantes zum Lesen herauszunehmen. Während sein Onkel sich bereits wenig später in ein Buch vertieft hatte, durchwühlte Carlos in seiner Not immer noch die Kiste. Bücher? Das war ja nur ein Notfallprogramm. In der Schule hatten sie schon einige Lektüren gelesen, aber die hatten ihm nie gefallen. Zu seiner Verwunderung fand er nicht nur amerikanische Literatur, sondern entdeckte auch deutsche Bücher. Klar, sein Onkel war ja in Hamburg aufgewachsen. Anscheinend hatte er die Klassiker seiner Kindheit darin aufbewahrt, doch von den meisten Werken hatte der Junge noch nie zuvor etwas gehört. Er griff also mehr zufällig zu und besah sich den alten, vergilbten Einband den er Zutage gefördert hatte: 20000 Meilen unter dem Meer. Wenn es weiterhin so regnete, dann wäre der Buchtitel sehr passend, fand er und ging nach oben in sein Bett, zog die Decke über den Kopf und entzündete die Öllampe. Das Buch handelte von Kapitän Nemo, der mit einem sagenumwobenen Schiff in den Weltmeeren unterwegs war. Riesige Kraken und uralte Pottwale kämpften mit ihm unter Wasser. Erstaunlicherweise packte ihn die Geschichte beim Lesen sofort und er tauchte seit langer Zeit in eine Fantasiewelt ab, die er seit Ewigkeiten nicht mehr betreten hatte. Und während draußen der Wind heulte und rauschte, prasselte der Regen auf die kleine Hütte am See hinab, die so geborgen und sicher Schutz gegen die Launen des herbstlichen Wetters bot. So schlief er über sein Buch gebeugt spät am Abend ein.

Gegen Mittag des nächsten Tages fuhr ein Taxi auf den

Hof vor der Hütte. Es war schon etwas Besonderes, denn außer seinem Onkel hatte Carlos in den letzten Tagen niemanden gesehen. Schon den ganzen Morgen freute er sich unbändig auf seine Mutter. Das Wetter hatte aufgeklart und ein sonniger Tag trocknete allmählich die Hinterlassenschaften des Regens. Caroline stieg aus dem Wagen, gab dem Fahrer das Fahrtengeld und dieser lud die Koffer aus dem Auto. Nur der Hund war schneller als Carlos, als dieser mit ausgebreiteten Armen seiner Mutter entgegenrannte. Sie drückten und herzten sich und seine Mutter presste ihren Sohn so fest an sich, dass er glaubte, sie würde ihn nie wieder loslassen. Owen schlenderte den beiden von der Veranda ruhig und gelassen entgegen. „Carlos, lass dich anschauen! Gut siehst du aus. Und schon bist du wieder ein Stückchen gewachsen, nicht zu fassen!", begrüßte ihn seine Mutter. „Oh, mom, hi! Ich muss dir unbedingt alles hier zeigen, vom Steg, bis zu meinem Hochbett und der Hütte. Das hier ist übrigens Sherlock!" Der Hund wedelte mit dem Schwanz und beschnupperte neugierig ein Bein seiner Mutter. „Na, der ist ja süß!" Owen nahm die Koffer und begrüßte seine Schwester. Er klopfte noch dem Taxi aufs Dach und der Wagen fuhr rumpelnd durch die Schlaglöcher und den letzten Schlamm vom Hof. Sie gingen in die Hütte, legten die Sachen ab und während Owen zur Feier des Tages Kaffee und Kuchen auf den Tisch stellte, zeigte Carlos seiner Mutter das Anwesen. Erstaunt hörte sie währenddessen seinen Geschichten zu und blickte ihren Sohn interessiert an. Sie ließ ihn alles in Ruhe erklären und runzelte bei der Geschichte vom Bären die Stirn: „Und das hast du alles ganz allein durchgestanden? Jetzt mache ich mir doch ein bisschen Sorgen." Sie blickte ihn sorgenvoll an, während er ihr hinter dem Haus den demolierten Räucherofen zeigte. „Das brauchst du nicht,

Mom! Wirklich. Owen hat für alles vorgesorgt. So etwas kann in der Art nicht mehr passieren. Ich habe jetzt ein Bärenspray!" Ganz überzeugt schien sie noch nicht zu sein.

Bei Kaffee und Kuchen erzählten sie sich die Neuigkeiten der letzten Woche. Caroline, wie seine Mutter hieß, entwickelte mit ihrer Firma am großen Salzsee Solarplatten, die umweltfreundlichen Strom für die Landwirte liefern sollten. Damit hatte sie alle Hände voll zu tun und war jeden Tag bis spät abends unterwegs. Die erste Woche sei nur so an ihr vorbeigerauscht, erzählte sie und auch Carlos war erstaunt, dass er mittlerweile fast eine ganze Woche bei seinem Onkel verbracht hatte. Owen hörte ihr interessiert zu und sagte, dass er wirklich froh sei, einen so tüchtigen Jungen zu Besuch zu haben. Sie freuten sich alle beisammenzusitzen und Carlos hörte erheitert den Geschichten zu, welche die beiden Geschwister sich aus ihrer Kindheit erzählten. Auch seine Mutter war vor vielen Jahren schon an diesem See mit ihren Eltern gewesen, doch konnte sie sich kaum mehr an die Gegend erinnern. Sie erzählte von Badeerlebnissen im Sommer und Owen meinte, er hätte immer Wasser geschluckt, wenn sie ihn untergetaucht hätte. Sie lachten viel und es war ein heiterer Tag, der Carlos' Herz aufhellte, denn er hatte große Sehnsucht nach seiner Mutter gehabt und wollte nicht von ihrer Seite weichen.

Noch am Nachmittag packten sie leichtes Wandergepäck und marschierten los. Owen war ein toller Wanderführer, der ihnen die Gegend zeigte, als kenne er jede Biegung und jeden Stein. Sie liefen durch dichte Wälder und Vegetation über einen schmalen Pfad am Ostufer des Sees entlang, bis sie zur ersten Anhöhe des dahinterliegenden Berges gelangten. Mitten im Wald war eine kleine Sensation verborgen, die sich ihnen wenig später auftat. Nachdem sie

eine Stunde gewandert waren, öffnete sich die Wildnis und gab eine Lichtung preis, die direkt am Fuß des Berges lag. Hier wuchsen kleine, braune Sträucher, die sich wie ein Moor über eine weitläufige Wiese erstreckten, über die ein gewundener Holzsteg führte, damit man nicht im nassen Boden einsackte. Spärlich ragten einige dürre Nadelhölzer hier und da zwischen dicken Felsbrocken empor. Am Ende des Stegs lag ein klarer, dunkelblauer Bergsee. Das Besondere an diesem war sofort zu erkennen: Es spiegelte sich in ihm der Berg mit seiner schneebedeckten Kuppe und glasklar lag die Umgebung verkehrtherum als Ebenbild in diesem. Staunend vor diesem Anblick standen er und seine Mutter bewundernd vor diesem Naturschauspiel. „Well, das ist der berühmte Mirror Lake. Der Spiegelsee. Alles in ihm ist so klar und rein wie in einem echten Spiegel. Das Wasser ist nur selten in Bewegung und ermöglicht so dieses Phänomen", erklärt ihnen Owen. „Es ist zauberhaft", sagte seine Mutter. „Ich habe fast vergessen, wie schön diese Gegend ist. Ich bin froh, dass du uns herumführst." Carlos blickte seiner Mutter ins Gesicht. In Hamburg hatte sie zuletzt müde und erschöpft ausgesehen, das war ihm noch aufgefallen. Doch in diesem Augenblick zeigte ihr Gesicht etwas Wehmütiges und gleichermaßen Zufriedenes, wie es der Junge so noch nicht bei ihr gesehen hatte. Sie liefen noch ein Stück weiter und rasteten an einer Stelle direkt neben zwei großen Felsbrocken, die einen Weg in den See zu schlagen schienen, an dessen Fuß kleine Kieselsteine wie ein Flussbett ins Wasser führten. „Da, ein Weißkopfseeadler!", rief der Junge und sie entdeckten das prächtige Tier, wie es in großen Kreisen über dem Wasser flog.
Sie genossen den Tag und ließen sich vom Zauber der Wildnis einfangen. Owen führte sie noch weitere

Wanderpfade entlang, welche die Schönheit und Unberührtheit der Wildnis offenbarten und erst spät abends gelangten sie glücklich und zufrieden zur Hütte zurück. Nach einem gemeinsamen Abendessen schlief seine Mutter auf einem weiteren Gästebett in der Hütte und der Junge dachte, dass es eigentlich nicht viel brauchte, um drei Menschen und einen Hund sicher und geschützt durch die Nacht zu bringen. Die Hütte bot alles, was sie benötigten. Er fühlte sich ein wenig wie ein Indianer, der mit seiner Familie im Tipi schläft. Familie. Dieses Wort ging Carlos noch im Bett durch den Kopf. Lange hatte er sich nicht mehr so gefühlt, als hätte er eine komplette Familie mit Vater und Mutter. Sein Onkel gab ihm mittlerweile ein gutes Gefühl und seine Zweifel zu Beginn der Reise hatten sich nahezu in Luft aufgelöst. Er begann, seiner Mutter insgeheim für diesen Urlaub zu danken.

Am nächsten Tag lachte ihnen die Sonne schon beim Frühstück entgegen. Draußen zeigte der Herbst sein schönstes Gesicht und Carlos' Mutter staunte über die bunten Verfärbungen der Herbstblätter, die alle Farbnuancen zeigten, die die Natur nicht schöner hätte aufbieten können. Sie standen auf dem Steg am See und genossen die Ruhe der Wildnis. „Danke, Mom", sagte Carlos plötzlich. Seine Mutter blickte ihm erstaunt ins Gesicht. „Wofür bedankst du dich bei mir?", wollte sie wissen. „Ich dachte, du redest nie wieder ein Wort mit mir, weil ich dich hier hingebracht habe?" Er blickte verlegen auf den Boden und dann drückte er seine Mutter herzlich. Sie war im ersten Moment erstaunt, da sie nicht mit so einer Reaktion ihres Sohnes gerechnet hatte. „Es ist mittlerweile erst eine Woche her, aber mich macht hier alles sehr nachdenklich. Owen zeigt mir grad ein komplett anderes Leben und ich habe hier bereits jetzt mehr tolle Dinge über mich

selbst gelernt, als ich mir letzte Woche in Hamburg hätte vorstellen können. Ich bin dir nicht mehr böse, sondern freue mich auf die letzten zwei Wochen hier. Ich schaffe das, wenn du uns jedes Wochenende besuchen kommst. Ich vermisse dich zwar wahnsinnig, aber ich fühle mich hier langsam wohl, Mom." Seine Mutter kniete sich zu ihm herab und streichelte ihm liebevoll über die Wange. „Carlos, es ist schön, dass du das sagst. Damit kann ich mit einem viel besseren Gefühl zur Arbeit gehen. Ich möchte, dass du weißt, dass ich immer stolz auf dich war. Ich liebe dich wirklich sehr." Sie blickte ihm in die Augen und für einen Moment meinte sie eine Träne bei ihrem Sohn erkennen zu können. „Ich hab dich auch lieb, Mom." So standen sie noch eine Weile am See und dann gingen zurück zur Veranda, wo Owen gerade dabei war, eine alte Hollywoodschaukel aufzuhängen. „Hey ihr zwei, damit ihr es noch schöner habt. Kennst du die alte Schaukel noch, Caroline?" Seine Mutter besah sich das Möbelstück und stellte verwundert fest: „Du hast sie geschliffen und neu gestrichen! Unser Vater hat sie damals gebaut. Wie schön, Owen."
Die Schaukel war groß genug, dass die beiden darin bequem Platz fanden. Owen holte einen alten Schaukelstuhl aus dem Schuppen und trug ihn ebenfalls auf die Veranda, dicht gefolgt von Sherlock, der es sich sofort auf dem großen Kissen gemütlich machen wollte. „Hey, du Gauner, das ist aber mein Platz, mach dich nicht so breit!", grinste Owen und der Hund duckte sich unterwürfig. Er nahm ihn hoch und legte Sherlock auf seinen Schoß. Er bat Carlos, das Kartenspiel aus der Hütte zu holen und so brachten sie seiner Mutter die Legetechnik der Karten bei und die drei spielten bis in die Mittagszeit hinein. Sie hatten einen herrlichen Blick in die Natur und meistens gewann Carlos die Kartenrunden. Owen war ihm dicht auf den Fersen

und nach einiger Zeit mussten sie aufpassen, nicht von seiner Mutter überholt zu werden, die mit jeder Spielrunde besser und besser wurde. „Also dein Spieltalent hast du von deiner Mutter geerbt, Junge", stellte Owen fest, der schon die dritte Runde in Folge gegen seine Schwester verlor. Den Geschwistern tat es sichtlich gut, nach all den Jahren Zeit miteinander zu verbringen, dass merkte Carlos und so genoss er die Stunden und sie alle vergaßen die Zeit. Hier draußen lebten sie im Augenblick und alle empfanden dies als ein wundervolles Geschenk.

Auch hier blicken wir auf die Geschehnisse der letzten Tage: Ein Junge aus der Stadt setzt sich gemeinsam mit einem Hund gegen einen Bären durch. Ein leerer Computerakku wird eingetauscht gegen ein Kartenspiel und ein gutes Buch und die Ruhe der Wildnis fließt in die Herzen zweier Großstädter. Die Erinnerung an eine heile Familie regt sich in einem kleinen Jungen, der sich in der Gesellschaft zweier Erwachsener wohlfühlt, die an ihn und all seine Fähigkeiten glauben, die er selbst noch entdecken muss. Natürlich hängt er immer noch an der Großstadt, seinen Spielen und alten Gewohnheiten, doch schüttelt er all das Neue nicht mehr ab, sondern lässt es zu. Dieser Schritt beginnt den Jungen langsam zu verändern und bringt eine neue Seite an ihm hervor, die in den nächsten Tagen Großes beweisen muss, von dem im Folgenden noch die Rede sein wird. Ob er dafür bereit ist, wird sich zeigen.

Die Tage mit seiner Mutter vergingen wie im Flug. Sie machten noch eine Bootsfahrt am Nachmittag und setzten sich abends erneut mit Bratäpfeln und Marshmallows vors Feuer. Seine Mutter war begeistert und sagte, dass sie so viel Spaß zuletzt als Kind gehabt hätte. Auch sie fand Gefallen an dem Hund und sah begeistert zu, wie gut sich ihr Sohn um ein Tier kümmern konnte. Der nächste

Morgen mit der bevorstehenden Abfahrt kam für Carlos viel zu schnell, doch wirkte die Abschiedszeremonie nicht mehr so befremdlich, als das Taxi auf den Hof fuhr. „Wir sehen uns nächstes Wochenende schon wieder, ich freue mich bereits jetzt! Funkt mich mal wieder an, ich bin abends immer im Hotel!", sagte sie und hielt den Kopf aus dem Fenster des Taxis, in das sie bereits eingestiegen war. „Ist gut, wir schaffen das hier, Mom!" Er winkte ihr gemeinsam mit seinem Onkel zu und Sherlock bellte zum Abschied und wedelte mit seinem Schwanz.

So rollte der Wagen vom Hof und dann waren sie wieder allein. Die zweite Woche brach an. Owen ging zum Schuppen und wollte an einem neuen Räucherofen arbeiten, während Carlos sich gemeinsam mit Sherlock unter einer dicken Decke auf die neue Hollywoodschaukel kuschelte und sein Buch weiterlesen wollte. Er genoss die Wärme des Hundes, der bald völlig entspannt neben ihm eingeschlafen war und tauchte wieder ab in die Welt der Fantasie.

EINE GROSSE VERANTWORTUNG

„Eis! Das ist ja nicht zu fassen! Der See hat eine ganz dünne Schicht!" Carlos war am nächsten Tag begeistert. Es hatte den ersten Nachtfrost gegeben und am Ufer des Sees zog sich eine dünne gläsern wirkende Decke entlang. Das bedeutete zeitgleich, dass der Winter nicht mehr ganz fern war, wie sein Onkel ihm erklärte, und dass sie ernsthaft über die Aufstockung der Holzvorräte nachdenken mussten. Owen ging hinter den Schuppen, wo er bereits große Stapel angelegt hatte und besah sich seinen Vorrat. „Wir haben zwar schon gut vorgearbeitet, aber für den Winter muss da noch Einiges dazu", meinte er prüfend. So beluden sie den Wagen und fuhren an die Stelle im Wald, wo sein Onkel seinen Holzschlag durchzuführen pflegte. Carlos kannte sich mittlerweile aus und half ihm, wo es eben ging. Diesmal schlugen sie zwei große Bäume, teilten sie wiederum in Stücke und beluden damit den Truck. „Das wird eine Weile reichen, wenn wir damit fertig sind", sagte Owen.
An der Hütte angekommen, brachten sie die grob zurechtgehauenen Stämme so gut es ging mit dem Truck hinter das Haus und luden sie auf einen großen Haufen. Der Junge staunte. Das würde Tage dauern, alles kleinzuhacken und aufzuschichten. „Wir lassen uns Zeit",

entgegnete Owen und ging an die Seite der Holzwand, wo einige Äxte und Sägen hingen, mit denen die gewünschte Holzgröße leicht zu erreichen war. Mitten vor dem Stapel aus Holz stand ein dicker Stamm, der sogenannte Hackklotz, auf den man die zurechtgesägten Stämme stellen und mit der Axt spalten konnte. Zwecks grober Bearbeitung zeigte ihm sein Onkel, wie er die Säge an die großen Stammstücke anzusetzen hatte, um diese zu zerkleinern und er freute sich, dass Carlos ihm bei den anstrengenden Arbeiten half. Der Junge merkte, dass sich seine Kräfte ebenfalls gesteigert hatten. War er anfangs bei allen Tätigkeiten oft müde und träge gewesen, so hatte er mittlerweile eine bessere Kondition, da er meistens draußen aktiv war. Die große Säge führten sie zu zweit durch das Holz und allmählich formten sie aus den Stämmen handgerechte Stücke, die sein Onkel dann auf dem Hackklotz grob bearbeitete. Carlos schichtete die Stücke zu einer imposanten Holzwand auf und sie arbeiteten den ganzen Tag daran. „Vor allem im Winter ist man froh, wenn man im Sommer und Herbst vorgesorgt hat, dass ist eine alte Weisheit aus der Wildnis!"
„Ja, es ist zwar schweißtreibend, aber ich freue mich schon, wenn wir den Ofen befeuern", entgegnete der Junge.
Abends machten sie es sich wie immer in der Hütte gemütlich, aßen, spielten Karten oder lasen in ihren Büchern. Fühlte sich Carlos früher oft unruhig und getrieben, so merkte er, dass er langsam ruhiger wurde. Er hatte sich schon gut an seine Umgebung gewöhnt und freute sich, dass er seinem Onkel so gut helfen konnte. Er wurde hier richtig gebraucht und war nicht fehl am Platz, das merkte er und das war ein schönes Gefühl. Erstaunt war er auch über sich selbst, vor allem, dass ihm das Lesen so gut gefiel. Anfangs hatte er stets Mühe sich auf

die Geschichte einzulassen, doch es dauerte nicht lange und er tauchte rasch ab in die Welt der Geschichten und Erzählungen. Mehrmals unternahmen sie auch Wanderungen in der näheren Umgebung, so wie sie es mit seiner Mutter getan hatten und der Junge genoss die gemeinsame Zeit mit dem Hund und seinem Onkel. Auch hier hatte es ihm vorher Schwierigkeiten bereitet, die ersten kurzen Wege überhaupt mit seinem Onkel Schritt halten zu können, doch mit jedem kleinen Ausflug wurden seine Beine stärker und sein Rücken ausdauernder beim Tragen des Rucksacks. Das schreckliche Erlebnis, die Begegnung mit dem Bären, wurde ausgetauscht durch beeindruckende Sichtungen an der Seite seines Onkels in der Wildnis. Sie sahen Elche, die ihre Kälber in weiter Entfernung an den Hängen der Gipfel auf der Suche nach Nahrung über die Kuppen führten, Streifenhörnchen in den Baumkronen, die sie bei jeder Rast laut auszuschimpfen schienen und unzählige Kleintiere, wie Hasen, Rehe oder Dachse, die sich in ihrem freien Lebensraum bewegten. War die Wildnis bereits ein Teil seines Onkels, so begann er langsam zu verstehen, dass sich der Mensch diesen Planeten mit vielen Lebewesen teilte. Die Sichtweise auf das Leben veränderte sich bei ihm, die Reise begann zu wirken und ließ Carlos reifer werden, als er es vorher gewesen war. Vor allem bemerkte er, wie wichtig ihm seine Mutter war und wenn er wieder in Hamburg in ihrer Wohnung sein würde, dann hatte er ganz fest vor, einige Dinge zu verändern. Er wollte ihr mehr beim Haushalt helfen, so wie er es hier draußen bei seinem Onkel tat und er würde ihr zuhören, wenn sie mit ihm einfach nur reden wollte. Vielleicht würde er sich auch ein paar Bücher in der Innenstadt kaufen und etwas weniger Computer spielen als vorher, auch wenn es ihm

schwerfallen würde. Diese Vorsätze wuchsen in ihm von Tag zu Tag und er nahm sich fest vor, sie umzusetzen.
Er genoss auch zusehends den Aufenthalt in der Hütte. Die Wärme und Behaglichkeit des Ofens, den Duft der Holzbalken und den Schein der Öllampen. Ob er hier dauerhaft leben könnte wie Owen verneinte er zwar für sich, aber die nächsten Tage bis zu seiner Abreise würde er das beste aus der Situation machen. Seinen Freunden hätte er schon jetzt viel zu erzählen, wenn er zurückkam.
Aufregend war für Carlos auch der Kontakt mit den Amerikanern. Am Abend schaltete Owen das Funkgerät ein und bat den Jungen zu sich an den Tisch. „Du kannst dich doch noch gut an den Zettel erinnern, den ich geschrieben habe, oder? Der Tag, an dem ich den Jonsons mit den Rindern helfen musste? Ich möchte sie noch mal anfunken und ich schlage vor, dass du ihnen mal guten Tag sagst, ich habe nämlich schon einiges von dir erzählt und schließlich sind wir Nachbarn, auch wenn sie von uns eine Stunde mit dem Auto entfernt wohnen." Carlos schluckte. Was meinte sein Onkel damit, er solle einmal „Hallo" sagen? Die verstanden doch bestimmt kein Deutsch! Aber er ließ die Situation auf sich wirken, als Owen das Funkgerät einschaltete und sich nach kurzer Zeit die Nachbarn meldeten. Owen blinzelte ihm zu, als er sie auf Englisch begrüßte und Carlos aus den Wortfetzen die er verstehen konnte, zusammenreimte, dass es den frischgeborenen Kälbern gutging und sie es in der Hütte warm und gemütlich hatten. Auch hörte er den Wortfetzen Sister heraus, als Owen bestimmt vom Besuch seiner Mutter berichtete. Plötzlich reichte sein Onkel das Funkgerät an ihn weiter und bat Carlos etwas zu sagen. Zuerst wehrte dieser verschüchtert ab, doch von den Jonsons kam ein dermaßen freundliches „Hello" durchs Funkgerät, dass sich

der Junge an seinem ersten Gespräch versuchte. Er nannte seinen Namen und auf die Frage „Where are you from?" konnte er antworten, dass er aus „Germany" kam. Owen unterstützte ihn und flüsterte eine Übersetzung, falls er mit den Mitteilungen stockte. Das war eine tolle Erfahrung für Carlos, er reichte mit zittrigen Händen das Funkgerät an Owen weiter und die Nachbarn ließen ausrichten, dass sie sich sehr über das Gespräch gefreut hätten. Wow! Er hatte ein eigenständiges Funkgespräch durchgeführt!

Auch der nächste Tag war vom Arbeiten geprägt, jedoch drängte Owen ihn zu nichts und ließ den Jungen den Tag gestalten wie er wollte. Aber Carlos zeigte sich mittlerweile als fleißiger Arbeiter, der seinem Onkel unter die Arme griff, wie er nur konnte. Sie stellten den neuen Räucherofen fertig und sein Onkel bog die Bleche, die er anschließend selbst zusammenschweißte. Der Junge war erstaunt, wie handwerklich begabt sein Onkel war. Der Ofen wurde ebenfalls bärensicher angelegt, er hatte dicke Schlösser an der Außenwand hängen, die man wie Scharniere zur Befestigung davor klappen konnte. „Da kommt mit Sicherheit kein Bär mehr ran, good job!", entgegnete Owen als er fertig war. Carlos half ihm mit Hilfe einer Seilwinde die Gerätschaft an eine neue Stelle im Schuppen anzubringen, damit der Ofen nicht mehr draußen im Freien stand. Dazu mussten sie eine Öffnung in die Dachluke sägen um Platz für einen Schornstein zu schaffen, was noch den ganzen nächsten Tag in Anspruch nahm. Weitere Bleche mussten zurechtgeschnitten und gebogen sowie Lehm und Stroh angerührt und getrocknet werden, um das Dach der Hütte abzudichten. Carlos half, wo er konnte und die körperliche Arbeit, verbunden mit der frischen Luft der Berge taten ihm äußerst gut. So strichen einige Tage ins Land und Carlos war erstaunt, als

Owen ihm mitteilte, dass er bereits die Hälfte seiner Zeit bei ihm verbracht hatte.

Der Junge war mittlerweile stolz, einen Onkel wie ihn zu haben, sie verstanden sich von Tag zu Tag besser und wurden vertrauter miteinander. Es kamen ihm sogar erste Überlegungen, ob er seinen Onkel nicht jedes Jahr für einen kleinen Zeitraum besuchen könne.

Neben der Arbeit am Schuppen fuhren sie regelmäßig mit dem Boot zum Angeln raus. Carlos wurde auch hier immer geschickter und verstand sich mittlerweile darauf, das Boot eigenständig zu rudern, auch wenn ihm das noch schwerfiel, was seiner Größe geschuldet war, und er hatte den Trick mit dem Auswerfen und Einholen der Leine verinnerlicht. Einige Forellen hatte er so an Bord gehievt und er war ein begeisterter Sportfischer geworden. Dies war nur noch durch Sherlock zu toppen, der jedes Mal verrückt spielte, wenn er oder sein Onkel eine Beute an der Angelschnur hatten. Der Hund wich selten von ihrer Seite und Carlos sah in ihm den treusten Begleiter, den er je kennengelernt hatte. Der neue Räucherofen tat seinen Dienst hervorragend und abends ließen sie sich ihren Fang des Tages schmecken, während das Feuer im Ofen neben ihnen prasselte und wohlige Wärme verströmte. Das Lesen gewann für ihn immer mehr an Bedeutung. Die Bücherkiste seines Onkels bot erlesene Schätze, von denen er noch nie etwas gehört hatte. Zwar hatte er sein Buch noch nicht ausgelesen, konnte aber nicht davon lassen, Owen nach Titeln wie Moby Dick, Tom Sawyer und Huckleberry Finn oder die Schatzinsel zu fragen. In seiner geduldigen Art erklärte ihm Owen die Inhalte gerne abends beim Kartenspielen und er wiederum freute sich, dass der Junge Gefallen an den Geschichten seiner Kindheit fand.

Dann fiel auch tatsächlich der erste Schnee des Jahres, als

sie eines abends aus dem Fenster sahen. Dicke Flocken rieselten herab und bedeckten das Land mit einer kleinen Decke aus Winterweiß, die aber am nächsten Mittag wieder verschwunden war. Wenn auch morgens der Frost die Umgebung mit seiner zarten Umarmung umspannte, so bewunderte der Junge stets die Wandelbarkeit der Jahreszeiten, die er hier hautnah spüren konnte. Er machte kleine Wanderungen mit Owen und Sherlock und sie kümmerten sich weiterhin um den Vorrat an Winterholz. Sie fuhren erneut mit dem Wagen zum Fällen und kehrten am späten Nachmittag zurück. Carlos war mittlerweile ein begeisterter Autofahrer und Owen spürte die gewachsene Selbstständigkeit des Jungen. Als sie zurückkehrten machte es sich Carlos in der Hütte gemütlich und er befeuerte den Ofen, während draußen erneut der Winter sein erstes Antlitz zeigte und weiterer Schnee fiel. Sein Onkel wollte noch am Feuerholz arbeiten und er hörte die steten Axtschläge niedergehen und das Klackern der gefallenen Scheite, die sich auf der Erde auftürmten. Das Feuer verströmte ein angenehmes warmes Licht und die Öllampen tauchten die Hütte ebenfalls in ein zartes Gold und Rot. Das Weiß der Flocken außerhalb der Hütte, das sich überall niederlegte und die Tannenspitzen bedeckte, bot einen wunderschönen Anblick. Am Fenster zeigten sich die ersten Eisblumen und der Junge betrachtete verwundert ihr stetes und langsames Wachsen in der aufkommenden Dunkelheit. Er hatte den Kopf auf die Ellbogen gestützt und blickte verträumt in die Landschaft. Der Hund lag zusammengerollt vor dem Ofen und döste friedlich.

Da vernahm er plötzlich einen lauten Schrei. Carlos schreckte aus seiner Verträumtheit auf und augenblicklich beschleunigte sich sein Pulsschlag. Der Schrei fuhr ihm

in die Glieder und für einen Moment wusste er nicht, was passiert sein könnte. Owen, ging es ihm durch den Kopf. Es musste etwas Schlimmes geschehen sein. Carlos sprang auf, riss die Jacke vom Haken, schlüpfte schnell in seine Stiefel und stürmte zur Tür heraus. Er lief durch den Schnee, dicht gefolgt vom Hund, der ebenfalls aufgeschreckt worden war und suchte seinen Onkel, der mit Sicherheit noch an der Hütte beim Holzschlagen war. Die weiße Schicht knirschte unter seinen Stiefeln während er zielstrebig zur Hütte rannte und dabei immer wieder nach seinem Onkel rief: „Owen!" Schnell hatte er den Platz erreicht und fand seinen Onkel zu seinem Entsetzen mit schmerzverzerrtem Gesicht auf dem Boden liegen. Er hielt sich das Bein und stöhnte. Carlos kniete sich neben ihn und stellte erschrocken fest, das rotes Blut den Schnee bedeckte und sein Onkel blass im Gesicht war. „Carlos", stöhnte er mit leiser Stimme auf, „wie gut, dass du da bist." Er hatte bereits seine Jacke ausgezogen und um das Bein gewickelt. „Owen, was ist denn nur geschehen?", fragte er besorgt und legte eine Hand auf die Schulter seines Onkels. Der Hund stand neben ihnen und winselte leise, während Owens Atemwolken in der Dunkelheit noch gerade zu erkennen waren. „Die Axt ist ausgerutscht und in mein Bein gefahren, du musst den Verbandskasten und eine Lampe holen, beeil dich, ich verliere sehr viel Blut! Du findest sie neben der Bücherkiste unter meinem Bett. Schnell!"
Der Junge versuchte keine Zeit zu verlieren. „Bleib ganz ruhig, ich komme gleich wieder!" Er sprang auf die Beine und lief so schnell er konnte zurück zur Hütte, riss die Verandatür auf und machte sich erst gar nicht die Mühe seine Stiefel auszuziehen. Er wühlte hektisch unter dem Bett und fand den Kasten mit dem Erste Hilfe Kreuz darauf. Weiterhin ergriff er die Öllampe, die er ans Fenster gestellt

hatte und stürmte augenblicklich wieder heraus zu seinem Onkel. Der Hund lag neben ihm und leckte seinem Herren fürsorglich durchs Gesicht. „Sherlock, zur Seite mit dir!" Carlos stellte die Öllampe in den Schnee und öffnete den Kasten. Verbandszeug, Schere, Klammern und Verschlüsse konnte er grob im Schein der Lampe erkennen. Er schwitzte und wühlte hektisch im Kasten herum. „Meine Jacke, mach Sie ab und dann musst du mein Hosenbein aufschneiden", hauchte Owen sichtlich geschwächt. Carlos nahm seinen ganzen Mut zusammen und entfernte die Jacke, die vom Blut bereits befleckt war. Er rollte sie auf der anderen Seite zusammen und legte sie seinem Onkel wie eine Art Kopfkissen unter den Nacken und Owen drehte sich dabei stöhnend auf den Rücken. Der Junge fand eine Schere und schnitt vorsichtig das rechte Hosenbein vom Stiefel aufwärts am unteren Schienbein auf. Das Licht der Lampe flackerte im aufkommenden Wind und die Schneeflocken behinderten Carlos bei seiner Arbeit, aber er ließ sich nicht beirren, obwohl er schreckliche Angst um seinen Onkel hatte. „Dann musst du einen Druckverband anlegen", hauchte Owen. Carlos hantierte noch immer mit dem Hosenbein, doch als er geendet hatte, besah er sich die schreckliche Wunde, die die Axt klaffend in das Bein seines Onkels geschlagen hatte. Er holte tief Luft und kämpfte gegen seine aufkommende Panik und Unsicherheit an, was sein Onkel zu merken schien, denn er griff plötzlich nach seinem Arm und drückte ihn zärtlich. „Du schaffst das, Junge, ich glaube ganz fest an dich." Carlos hörte die Stimme wie aus weiter Ferne in seine Ohren dringen, obwohl sie so nah war. Er befolgte die Anweisungen, die ihm sein Onkel jetzt gab. Er kramte eine kleine Verbandrolle heraus, die er auf die Wunde drückte und band dann mit aller Kraft einen weiteren Verband um das Bein, genau so wie Owen es ihm mit seiner letzten Kraft erklärte. Wie lange er letztendlich so bei ihm gekniet und ihn versorgt hatte, konnte Carlos im Nachhinein nicht mehr sagen. Er war ein kleiner Junge aus der Großstadt, der nachts seinem Onkel helfen musste, der schwer verletzt im kalten Schnee lag.

„Owen, ich glaube, ich habe es geschafft!", kam aus Carlos gepresst hervor. Der Koffer lag offen und durchwühlt neben ihm. Das Blut im Schnee irritierte den Jungen, doch am Schlimmsten war für ihn der Zustand seines Onkels, der kaum noch reden konnte. „Du musst Hilfe holen und mich in die warme Hütte bringen", sagte Owen.

„Aber, wie soll ich das nur machen?" Carlos war verzweifelt. Hier draußen konnte er seinen Onkel nicht liegen lassen, dass wusste er. In einigen Stunden würde es unerträglich kalt werden und das würde Owen garantiert nicht überleben. „Bleib ganz ruhig, ich komme gleich zurück."

Carlos griff sich die Lampe und rannte in den Schuppen. Er musst etwas finden, womit er seinen Onkel in die Hütte bringen konnte. Im Schuppen sah er den Ofen, die Apparaturen für das Fällen der Bäume und all jenes Werkzeug, das sie für das Überleben im Wald brauchten. An einem Haken hingen die Gurte, mit denen er die großen Baumstücke zum Pick-up Truck gezogen hatte. „Aber natürlich, das ist die Idee!", rief er aus und griff sich die schweren Gurte. Dann holte er so schnell er konnte eine alte Decke aus der Hütte und beeilte sich, um wieder zu seinem Onkel zu kommen. Bei Owen hatte sich mittlerweile, obwohl es so kalt draußen war, ein nasser Schweißfilm auf der Stirn gebildet und er atmete schwer. Der Hund lag noch immer neben ihm und wich ihm nicht von der Seite. Eine Hand hatte Owen auf das Fell des Tieres gelegt. Carlos wickelte seinen Onkel so gut

es ging in die Decke, dann legte er ihm vorsichtig und behutsam die Befestigungsgurte um die Schultern, zog sich selbst die Schulterriemen an und zog mit Leibeskräften an diesen. Dadurch wurde Owen wach und stieß sich mit dem gesunden Bein in die Richtung ab, in die Carlos ihn zog. Es war unheimlich mühevoll und er dachte, er würde es niemals schaffen, doch wie durch ein Wunder machte er Meter um Meter gut. Sie hatten bereits die Treppenstufen erreicht und mit letzter Kraft bäumte sich Owen auf und Carlos stützte ihn auf seinen Schultern, während er unter großen Mühen und Schmerzen bis zu seinem Bett in der Hütte gelangte. Erschöpft sank Carlos daneben auf die Holzdielen, aber nicht, ohne vorher seinen Onkel zuzudecken, der mit schmerzverzerrtem Gesicht und aufkommenden Fieber vor ihm lag. Carlos atmete schwer.
„Du machst das großartig, Carlos. You're great. Du musst Hilfe holen", wisperte Owen. „Das Funkgerät, du weißt jetzt wie es geht. Benutze es. Du musst die Jonsons anfunken, das ist unsere einzige Chance." Der Junge blickte ihn sorgenvoll an. Vor ihm lag sein Onkel, in die Hütte hatten sie es zumindest schon geschafft und er musste jetzt durchhalten. Er war der einzige Mensch im Umkreis von vielen Kilometern, der ihm jetzt helfen konnte. Seine Mutter in Salt Lake City zu kontaktieren würde viel zu lange dauern, dass wusste er. Er kramte das Funkgerät hervor, stellte es auf den Tisch und schaltete es ein. So wie er es einige Male beobachtet hatte, führte er es jetzt fort. Ein Rauschen und Knacken war zu hören und Owen gab ihm mit letzter Kraft die Daten für die Jonsons durch. Verzweifelt versuchte es der Junge wieder und wieder, doch er erhielt keinen Kontakt und niemand nahm seinen Funkspruch an.
„Owen, es nimmt niemand ab! Was soll ich nur machen?"

rief er verzweifelt in die Hütte hinein. Owen winkte ihn zu sich ans Bett. „Carlos, ich glaube ganz fest an dich. Du musst zu den Jonsons fahren. Es ist meine einzige Chance." Er blickte ihn mit fiebrigen Augen an, die nass im Schein der Lampe glänzten. „Aber Owen, dass schaffe ich unmöglich. Es ist dunkel und ich kenne den Weg nicht, ich kann doch nicht durch den Wald allein zur Farm fahren. Wie soll ich das nur machen?" Sein Onkel drückte seinen Arm. „Du bist ein ganz tapferer Junge. Du musst es für mich tun. Der Weg ist weit, aber nicht schwer zu finden. Fahr bis zur Brücke, wo wir unser Holz schlagen und dann bis zur ersten Gabelung. Dort musst du rechts abbiegen und dann immer nur geradeaus bis zur Hauptstraße. Dort biegst du wieder rechts ab und erreichst die Farm nach einigen Kilometern. Bitte. Ich weiß, dass du es schaffst." Mit letzter Kraft hatte er gesprochen, schloss nun die Augen und atmete schwer. Das Herz schlug dem Jungen bis zum Hals, doch er konnte seinen Onkel hier nicht sterben lassen und schluckte einen dicken Klos hinunter.

„Ich komme wieder, halt durch Owen. Ich komme wieder zu dir zurück!" Jetzt muss ich die Zähne zusammenbeißen, ging es ihm durch den Kopf. Egal, was in den nächsten Stunden passieren würde: Sein Onkel lag hier und brauchte ihn und wenn er nun ein Feigling wäre, würde er sich das den Rest seines Lebens nicht verzeihen. Er griff sich eine Mütze und die Autoschlüssel, die am Haken neben der Tür hingen und sah ein letztes Mal auf Owen, der in seinem Bett lag, die Schulterriemen vor ihm auf dem staubigen Holzboden und er schien zu schlafen. Sherlock war ins Bett gesprungen und hatte seinen Kopf auf die Schultern seines Herren gelegt. „Ich komme zu dir zurück", hauchte er noch, bevor er sich umdrehte, die Tür schloss und die Dunkelheit ihn verschluckte.

Wird Carlos diese gewaltige Aufgabe bewältigen können? Es gibt Situationen im Leben, wo man über sich hinauswachsen muss und eben diese lag nun vor ihm. Das Autofahren hatte er von Owen gelernt, doch unter solchen Umständen noch nie anwenden müssen. Menschen helfen einander und leisten Großes, wenn es sein muss. Würde der Junge dies auch schaffen? Allein und in der Dunkelheit eines fremden Landes? Wir werden es erfahren und weichen Carlos in den folgenden Stunden nicht von der Seite, ebenso wie eine treue Hundeseele einen geliebten Menschen niemals im Stich lässt.

DES NACHTS

Carlos saß im Wagen und fuhr die Straße entlang. Er hatte den Scheibenwischer angestellt und starrte angestrengt in die Finsternis. Der Truck warf einen Lichtkegel in die Wildnis und beleuchtete nur spärlich die Straße. Die angrenzenden Bäume wirkten wie eine Tunnelwand, die immer näher zu rücken schien, doch Carlos nahm all seinen Mut zusammen und konzentrierte sich auf den Weg. Manchmal stoben kleine Kaninchen vor seinem Wagen davon und einmal starrte ein Reh direkt in die Scheinwerfer und rührte sich nicht vom Fleck. Carlos musste stark bremsen und betätigte die Hupe, woraufhin sich das Tier mit großen Sprüngen in die Dunkelheit entfernte. Es holperte und rumpelte öfter gewaltig im Truck, da er in der Dunkelheit einige Schlaglöcher übersah und nur schwer vorankam. „Ich darf jetzt nicht aufgeben", sagte er und klammerte sich mit eiskalten Händen an das Lenkrad. Er konnte diesen Wagen fahren, das hatte er bewiesen und er würde es bis zur Farm der Jonsons schaffen. Der Schnee schmolz augenblicklich auf der Windschutzscheibe und die Scheibenwischer beförderten ihn unaufhörlich zur Seite. Durch die Nässe spiegelte und glänzte diese, was die Sicht immens erschwerte und der Junge hielt die Nase dicht ans Fenster gedrückt. Plötzlich tauchte vor ihm die Brücke auf und er hatte einen ersten Anhaltspunkt, wo er sich befand. Tapfer fuhr er weiter und ließ sich nicht beirren, bis er an die beschriebene Weggabelung kam, von der sein Onkel gesprochen hatte. Hier sollte er sich rechts halten und dann bis zur nächsten befestigten Straße fahren, dass hatte er sich gemerkt. Vorsichtig bog er um die Ecke und sah, dass dieser Weg noch unbefestigter war als der Erste. Die Straße war schlecht und voller Schlaglöcher und da passierte es: Es knallte gewaltig im Wagen und plötzlich steckte er fest. Er saß wie versteinert im Auto und merkte, dass er den Motor abgewürgt hatte. Keinen Laut gab der Truck von sich. Er versuchte erneut den Motor anzulassen, was kein Problem war, doch so sehr er sich auch bemühte, er bekam den Wagen nicht frei. „Verdammt, das darf doch nicht wahr sein!", fluchte er, kramte die Taschenlampe aus dem Handschuhfach und stieg aus, während er den Wagen laufen ließ. Er sah sofort, dass er sich mit dem linken Vorderrad in einem dicken Erdloch aus Schlamm und Dreck festgefahren hatte. Irgendwo gab es doch hier eine Schaufel? Er suchte auf der hinteren Ladefläche und fand eine, mit der er zuerst die lockere Erde und den Rest des Schlammes frei grub und anschließend feste Steine, die er am Wegesrand fand, mühsam in das Loch füllte. Dann stieg er wieder hinters Lenkrad und stieg vorsichtig aufs Gaspedal. Der Wagen ruckelte und zuckte und mit einem Mal war er wieder frei. Glück gehabt. So setzte er seinen Weg in der Dunkelheit fort. Vorsichtig machte er Meile um Meile gut und gelangte letztendlich an die Kreuzung, wo er wiederum rechts auf die gut befestigte Bundesstraße fahren sollte. Wie es seinem Onkel wohl mittlerweile erging? Ob er Schmerzen hatte? Es war tröstlich zu wissen, dass der Hund bei ihm war und ihn bewachte.

Der Rest der Fahrt flog buchstäblich an ihm vorbei. Der Truck rollte über den befestigten Asphalt und Carlos traute

sich, etwas mehr Gas zu geben. Er sah keine anderen Autofahrer, die bei diesem schlechten Wetter unterwegs waren und hoffte darauf, bald die angekündigte Farm zu finden. Er fuhr unbeirrt weiter, bis er weit hinten am Horizont einen kleinen Lichtkegel wahrnahm, der zu einem bewohnten Haus gehören musste. Als er sich letztendlich mit dem Wagen näherte, bog er nach rechts in eine lange Einfahrt ein, an dessen Ende ein Torbogen stand, der den Weg zu einer Hofstelle freigab. Vorsichtig und langsam fuhr er den Weg entlang. Auf einem alten Blechschild war der Name Jonsons zu lesen, er musste also richtig sein. Wie spät es wohl sein mochte? Er wusste es nicht. Als er auf dem Hof ankam, bellten einige Hunde und Lichter wurden im Haus entzündet. Sie hatten den späten Besucher also bereits bemerkt. Carlos klopfte das Herz bis zum Hals als er anhielt. Die Tür wurde geöffnet und grelles Licht erhellte nun den ganzen Hof. Zwei große Hunde rannten zum Wagen und sprangen knurrend und bellend an der Tür empor. Carlos traute sich nicht auszusteigen. „Hey, get back here!", hörte er eine Männerstimme brüllen. Ein Bauer mit einem Gewehr in der Hand näherte sich ihm und pfiff seine beiden Hunde zurück. Es waren furchteinflößende Tiere. Carlos nahm all seinen Mut zusammen und stieg aus. Die Frau des Farmers war mittlerweile auch aus dem Haus gekommen und rief: „Hey, that's Owens car, Jerry!" Carlos konnte sich zusammenreimen, dass sie das Auto seines Onkels erkannten. Augenblicklich senkte der Mann sein Gewehr, als er im nächsten Moment sah, dass ein Junge aus dem Truck stieg.
„It's a boy, Jolene!", rief er erstaunt aus.
„Hey, I'm Carlos", stammelte der Junge und hielt sich eine Hand vor die Augen, weil ihn das Licht so stark blendete.

„Please, help me", entgegnete er noch und dann wurde ihm schwarz vor Augen und er sackte zusammen.

Blinzelnd öffnete er die Augen. Er sah sich um und stellte fest, dass er in einem gemütlichen Sessel vor dem Kamin lag und in eine Decke gehüllt war. Die beiden Erwachsenen saßen mit besorgt dreinblickenden Gesichtern neben ihm, ließen aber ein Lächeln erkennen als sie sahen, dass der Junge wach wurde. „Hey, how are you, young man? My name is Jerry and that's Jolene." Carlos sah sie mit großen Augen an. „Carlos," flüsterte er. Die Bäuerin gab ihm eine Tasse mit einem heißen Getränk. „Hot Chocolate, that's good for you!" Er nahm einen Schluck und bemerkte, dass es heißer Kakao war. Er trank gierig und stellte fest, wie er ganz allmählich wieder zu Kräften kam. „Owen!", sagte er und schaute die beiden erwartungsvoll an. Die Farmersleute tauschten aufgeregte und besorgte Blicke aus. „You must be Carlos, young man", entgegnete Jolene. „Yes, Carlos, my name is Carlos", war das Einzige was ihm als Antwort einfiel. „Owen, help me! Please!" Er wusste aus dem Englischunterricht seiner Schule, das dies „hilf mir" bedeutete. Da die beiden Erwachsenen ihn immer noch besorgt ansahen, hatte er eine weitere Idee, wie er sich verständlich machen konnte und ahmte das Schlagen des Feuerholzes nach, wobei er sich dann ans Bein fasste und Schmerzen vortäuschte. Dabei sagte er immer wieder den Namen seines Onkels und das Wort „help". Augenblicklich begannen Jerry und Jolene zu verstehen, dass ihr Nachbar einen Unfall mit der Axt gehabt haben musste. Der Mann eilte schnell zu seiner Jacke und ergriff die Schlüssel seines Autos. Carlos hatte seine Kräfte langsam wiedergefunden und stand ebenfalls auf, wobei Jolene ihn noch stützte. „Jo, get in Owens car. Hurry up!", hörte er ihn rufen und so verließen sie eilig das Haus. Der Farmer sprang in seinen

Wagen, ebenfalls ein großer Pick-up Truck und seine Frau stieg mit Carlos in das Fahrzeug seines Onkels ein. Er war noch immer in seine Decke gehüllt, da er viel Kraft in den letzten Stunden verloren hatte und Jolene nahm auf dem Fahrersitz Platz. Die beiden Fahrzeuge verließen in aller Eile die Dunkelheit.

Sie fuhren so schnell sie konnten durch die Nacht. Die Rückfahrt mit den Jonsons nahm der Junge kaum war. Er starrte aus dem Fenster, während er die roten Rücklichter des anderen Wagens vor ihm in der Finsternis auf und ab tanzen sah. Durch die recht hohe Geschwindigkeit wurden sie stetig hin und her geschüttelt, da die Waldstraßen für solch ein hektisches Tempo eigentlich nicht ausgelegt waren. Jolene fuhr, ebenso wie ihr Mann, wie der Teufel. So erreichten sie bald die Zufahrt zur Hütte, Carlos erkannte schon die gewohnte Brücke, die sie holpernd überquerten. Dann kamen sie endlich auf dem Hof an. Jerry rannte aus dem Wagen und Jolene ließ den Schlüssel stecken und öffnete hastig ihre Tür. „Carlos, you're a brave kid", sagte sie noch schnell zu ihm, strich mit der Hand liebevoll über seinen Kopf und eilte ihrem Mann hinterher. Er wusste nicht, was das bedeutete, doch sollte er diesen Satz für den Rest seines Lebens nicht mehr vergessen. So gut es seine Kräfte zuließen, riss auch er die Tür auf und bemühte sich ein ungutes Bauchgefühl zu unterdrücken, dass ihm sagte, alle Mühen wären zu spät gewesen.

Die Verandatür stand bereits offen und Licht strömte heraus. Der Junge atmete tief durch und betrat das kleine Haus am See. Jolene saß neben Owen auf dem Bett und hatte die Waschschale mit einem Tuch neben sich gestellt. Ein Lappen lag auf seines Onkels Stirn als er sich näherte. Er rührte sich nicht und

Carlos kämpfte mit den Tränen. Jerry hantierte bereits am Funkgerät und drehte am Sendeknopf. Offensichtlich suchte er nach einer Kontaktadresse, mit der seinem Onkel bestmöglich geholfen werden konnte. Carlos setzte sich auf die Bettkante. Owen war kreidebleich im Gesicht und verschwitzt, die Augen hielt er immer noch geschlossen, doch erstaunlich war, und es fiel dem Jungen erst in diesem Moment auf, dass der Hund ihm keinen Zentimeter von der Seite gewichen war. Er lag weiterhin in der gleichen Haltung auf dem Bett, wedelte jedoch leicht mit dem Schwanz, als er Carlos sah, der ihn hinter den Ohren kraulte, woraufhin Sherlock ein leises Winseln von sich gab. „Ich mache mir auch große Sorgen um ihn, Sherly. Hoffentlich wird alles wieder gut." Als nächstes kümmerte sich Jolene um Owens Wunde am Bein. Ihr Mann hatte glücklicherweise einen Erste Hilfe Koffer aus dem Wagen mitgenommen, denn Owens Notfallkoffer lag immer noch an der Unglücksstelle in der Dunkelheit. Sie besah sich die Wunde, stöhnte dabei einmal sorgenvoll auf und wechselte anschließend den Verband, wobei Carlos nicht seinen Blick abwand, sondern tapfer so gut er konnte assistierte. Sein Onkel ließ es reglos geschehen und rührte sich nicht. Jolene hielt danach und in den folgenden Minuten Owens Hand in ihrer und wechselte immer wieder den Lappen, während Jerry verschiedenste Funksprüche abgab, die Carlos jedoch nicht deuten konnte. Auch er nahm Owens Hand und Jolene ließ ihm einen Moment und setzte sich an den Küchentisch, jedoch nicht, bevor sie dem Jungen noch aufmunternd über die Wange strich. „Thank you", sagte er. Sie lächelten ihn beide an. „You're welcome, Carlos, you're welcome", antworteten sie. Dann setzten die Farmer einen Tee auf und boten ihm auch eine Tasse an.

Carlos wich in den folgenden Stunden seinem Onkel nicht

von der Seite. Mit einem Mal bewegte dieser seinen Kopf ganz leicht und öffnete unter großen Mühen die Augen. Ein Stöhnen entrann seinen Lippen und Jolene rief erleichtert aus: „He's awake, Jerry!" Sie kamen zu ihm ans Bett. „Owen, ich habe Hilfe geholt", wisperte Carlos. „Kannst du uns hören oder sehen?" Er drückte die Hand seines Onkels. „Hey, Owen, it's us!", entgegnete Jerry und kniete sich neben sein Gesicht. Carlos spürte, wie sein Onkel seine Hand leicht drückte. Sherlock leckte seinem Herren über die Wange, auch er hatte es sofort bemerkt. „Carlos", hauchte Owen ihm entgegen. Doch dann sackte er wieder in sich zusammen und sein Kopf fiel tiefer ins Kissen hinein.

Wie sich herausstellte hatte Jerry Hilfe gerufen, denn mit dem ersten Sonnenstrahl des Tages vernahmen sie ein ohrenbetäubendes Geräusch über dem Haus. Carlos fuhr erschrocken hoch, er war am Bettrand bei seinem Onkel eingeschlafen, wobei er mit einer warmen und weichen Decke zugedeckt worden war. „Was ist das?", entfuhr es ihm verträumt, während ihm die Ereignisse der letzten Nacht langsam wieder einfielen. Er blickte rasch auf Owen, der unverändert neben ihm lag und leise atmete. Der Junge sah aus dem Fenster und wusste augenblicklich, was dieses Geräusch verursachte. Auch Jerry und Jolene hatten es längst bemerkt. Es sah so aus, als hätten die beiden eine unruhige Nacht auf den Stühlen am Küchentisch verbracht, sie sahen sehr erschöpft aus. Schnell öffneten sie die Tür und traten auf den Hof. Ein Helikopter kreiste über dem Haus und senkte sich allmählich auf den großen Vorplatz, dort wo die Autos parkten, herab. Die Rotorblätter verursachten einen gewaltigen Wind und Carlos lief schnell zur Tür um diese wieder zu schließen. Jerry und Jolene winkten mit ausladenden

Armbewegungen und lotsten den Piloten an eine geeignete Landestelle. Sachte setzte der Helikopter auf dem Sandboden auf, er hatte ein rotes Kreuz auf den Seiten angebracht und noch während sich die Rotorblätter drehten, stiegen zwei Sanitäter mit Koffern heraus und Jolene geleitete sie zur Hütte.

Wenig später trugen sie seinen Onkel mit einer Trage aus dem Haus und brachten ihn behutsam in den Hubschrauber. Sherlock traute sich erst aus der Hütte, als der Motorenlärm etwas verstummt war und blieb dann in der Tür sitzen. Carlos hatte zwar Angst um Owen und war sehr besorgt, doch wusste er, dass ihm nun bestmöglich geholfen wurde. Die beiden Farmer redeten mit dem Piloten und einem der Sanitäter und zeigten während des Gesprächs auf Carlos, der etwas verloren abseits stand und sich auf die Ladefläche des Trucks gesetzt hatte. Wenig später hob der Helikopter ab und er blickte ihm so lange nach, wie seine Augen ihn am Himmel fixieren konnten. Dann herrschte völlige Stille und der Hund lief augenblicklich winselnd zum Jungen und wollte gestreichelt werden. Was sollte jetzt aus ihm werden? Seine Mutter wusste von nichts und allein würde sie ihn gewiss niemals hier in der Hütte lassen, so viel war klar.

„You can come with us, Carlos", sagte Jerry plötzlich und riss den Jungen aus seinen Tagträumen.

TIME GOES BY

Die Tage vergingen. Carlos war nach den Ereignissen der Unglücksnacht auf der Farm der Jonsons untergekommen. Auch den Hund hatte er mitnehmen dürfen. Jerry und Jolene hatten ihn sehr herzlich aufgenommen und nach Rücksprache mit seiner Mutter, die erst ihre Arbeit unterbrechen wollte, blieb der Junge eine Woche lang auf der Farm. Wie Carlos herausfand, hatten die Jonsons eine riesige Rinderherde auf endlos scheinenden Weiden zu betreuen. Auf einigen Routinefahrten, die Jerry mehrmals in der Woche durchführen musste, nahm er den Jungen mit, um ihm seine Arbeit zu zeigen. Beeindruckt war Carlos von den Cowboys, die die Tiere zusammentrieben und mit dem Lasso einfingen, um Brandzeichen zu setzen, tierärztliche Betreuung zu ermöglichen oder diese für den Abtransport zum Schlachthof vorzubereiten.
Er fühlte sich wie im wilden Westen. Auch hier zeigte sich, dass er das neu erlernte Autofahren gut gebrauchen konnte. Die Wege zu den verschiedensten Rinderherden waren zu Fuß kaum zu meistern, der Pick-up Truck schaffte hier Abhilfe und Jerry war beeindruckt, wie selbstsicher der Junge fahren konnte. Eigene Kinder hatten die Jonsons nicht und so genossen sie zusehends die Zeit, die sie mit Carlos verbringen konnten und der Junge hätte sich nicht willkommener fühlen können. Wie sich herausstellte, war Owen in das Central Hospital in Salt Lake City eingewiesen

worden, jedoch war weiterhin jeglicher Kontakt zu ihm untersagt und so blieben ihnen nur die Gedanken und guten Wünsche für ihren Nachbarn und Onkel. Sherlock wich Carlos in all diesen Tagen kaum noch von der Seite und selbst des Nachts schlief er am Bettkasten zu seinen Füßen. Der Junge hatte in dem Tier eine echte Stütze gefunden und konnte sich kaum vorstellen, dass sein Urlaub, der bald zu Neige ging, auch einen Abschied vom Hund bedeutete.

Urlaub, das erschien Carlos mittlerweile wie ein seltsam gewordenes Wort zu sein, dass sich mit der hinter ihm liegenden Zeit auf diese Art und Weise nicht richtig beschreiben ließ. Er fühlte sich verändert, alles war anders geworden und wenn er in sein tiefstes Inneres horchte, dann war er nicht mehr derselbe Junge, der vor drei Wochen Hamburg verlassen hatte. Egal wie sehr er sich ablenkte, seine Gedanken kehrten immer wieder zu Owen zurück, der ihm wie ein Vater in der letzten Zeit geworden war.

Insgeheim wünschte er sich manchmal, er wäre es sogar.

Und so flog die Zeit dahin, am Wochenende sollte seine Mutter kommen, um ihn abzuholen und als die Küchenuhr der Jonsons am verabredeten Sonntag 15 Uhr schlug, setzten sich Carlos, Jerry und Jolene auf die alte Verandaschaukel, deren weiße Farbe bereits abgeblättert war, und blickten in Richtung der Einfahrt, um Ausschau nach Caroline zu halten. Es war ein immer noch kalter Nachmittag, der Winter hatte die Landschaft mittlerweile fest im Griff, doch unter einem wärmenden Heizpilz und unter zwei wohligen Decken aus Rinderfell hatte die Kälte nicht so viel Angriffsfläche zu bieten. Jolenes hot chocolate – der heiße Kakao – tat sein Übriges.

„Well, Carlos, I wish I had a son like you", seufzte sie

verträumt und blickte auf ihn herab. Der Junge errötete leicht, konnte er die Sprache doch viel besser verstehen als vorher. Sie hätte sich einen Sohn wie ihn gewünscht. Leise und unscheinbar begann es in diesem Augenblick erneut zu schneien. Sherlock bekam eine erste Flocke auf die Hundenase, die beim Auftreffen sofort zu schmelzen begann und das Tier leckte sich die Schnauze. Alle genossen die ruhige Atmosphäre und warteten auf den Augenblick, in dem ein Auto die Auffahrt heraufrollen sollte. Das Licht des jungen Winters spiegelte sich auf den Schneekuppen der Hügel und Berge, die in der Ferne die Farm der Jonsons wie ein Bilderrahmen einzusperren schien. Carlos nippte an seinem heißen Getränk und genoss die wohlige Wärme, die seinen Körper wie eine zusätzliche warme Decke umspannte. Mit einem Mal zeigten sich zwei kleine Lichtkegel, die die aufkommende Dämmerung zu durchbrechen schienen und ein rotes Auto bahnte sich seinen Weg die Auffahrt zur Farm entlang. Es bestand kein Zweifel, seine Mutter war gekommen, um ihn abzuholen. Die drei schlugen die Decken zurück und gingen die wenigen Stufen der Veranda auf den Hof hinab, wobei ihre Füße Spuren im Schnee hinterließen, der nun wieder etwas kräftiger fiel. Der Wagen war mittlerweile am Haus angekommen und Carlos' Mutter stieg aus. Sie lief ihrem Sohn entgegen und drückte ihn herzlich an ihre Brust. Jerry und Jolene betrachteten die Szene wohlwollend und beglückwünschten sie nach einer herzlichen Begrüßung, was für einen wunderbaren Jungen sie großgezogen hatte. Caroline bedankte sich wie Carlos herzlich für die liebevolle Aufnahme auf der Farm und sie luden die Sachen in den Kofferraum. Der Hund schlüpfte heimlich in den Wagen und machte es sich auf einer Decke auf dem Rücksitz bequem. Es war nur ein kurzer Abschied, denn seine Mutter wollte noch vor Einbruch der Dunkelheit mit ihrem Sohn zurück zur Hütte an den See fahren. „Thanks for all your help, guys", sagte sie zu den beiden Farmern, die gerührt die Szene betrachteten. „If there are any news about Owen, I'll let you know!" Seine Mutter wollte die beiden bei Neuigkeiten über seinen Onkel auf dem Laufenden halten. Als ihr rotes Auto, ein Leihwagen aus der Stadt, letztendlich langsam Richtung Ausfahrt fuhr, sah Carlos im Rückspiegel die beiden Eheleute Arm in Arm vor der Veranda stehen und er fragte sich in diesem Moment, ob er sie jemals wiedersehen würde.

Das Leben galt es zu leben. Auch wenn Carlos noch jung war, so verstand er doch unterbewusst, dass in den letzten zweieinhalb Wochen so viele Dinge passiert waren, wie in all den anderen vorangegangenen Jahren in Hamburg nicht. Sicher, die Sache mit seinem Onkel lag ihm im Magen und er sorgte sich weiterhin sehr, doch wurde ihm mit Sicherheit geholfen, wo er war. Er musste so viele Eindrücke filtern und Emotionen sortieren, dass ihm manchmal davon schwindelig wurde. Hatte er die letzten Jahre vergeudet – seine Zeit mit Videospielen verschleudert? Nein, es war nicht alles schlecht gewesen. Das Band zu seiner Mutter war stärker denn je geworden und auf der Rückfahrt hielt er die ganze Zeit seine Hand auf ihrem Schoß, nur um zu spüren, dass sie da war.

ALLES HAT SEIN ENDE

Am Sonntag sollte ihr Flieger pünktlich nach Hamburg starten. Carlos blickte auf den Kalender. Es war mittlerweile Freitag und die letzten Tage in Utah brachen unabänderlich an. Seit zwei Tagen waren sie nun schon an der Hütte am See und alles erinnerte den Jungen an seinen Onkel. Es war eine schöne und innige Zeit mit seiner Mutter: Sie spielten das erlernte Kartenspiel, Carlos zeigte ihr den Holzvorrat und wie man den Ofen befeuerte und damit kochen konnte. „Ich bin beeindruckt, Carlos", staunte seine Mutter. „Und das hat dir alles dein Onkel gezeigt?"
„Ja, Mom, ich hab wirklich viel von ihm gelernt. Und ich hoffe, wir können vor dem Abflug noch Abschied nehmen. Ich vermisse ihn sehr. Unglaublich, dass ich das von einem Menschen behaupte, den ich vor drei Wochen noch gar nicht kannte." Er musste seufzen und blickte seiner Mutter in die Augen. Sie nahm ihren Sohn in den Arm und streichelte ihm die Haare aus der Stirn. „Mach dir keine Sorgen, ich werde morgen früh das Krankenhaus anfunken und nach Neuigkeiten fragen. Du wolltest mir doch noch die Bücherkiste zeigen, oder?" Er sprang auf. „Ja, richtig. Hier hinten!" Er kramte die Holzkiste hervor und zeigte seiner Mutter Owens kleine Bibliothek. Caroline stöberte in

der Kiste herum und voller Rührung fand sie Büchertitel und Werke wieder, die sie bereits als Kind gelesen hatte. So verflog auch dieser Nachmittag und sie lasen bis in den späten Abend hinein, während der Ofen wohlige Wärme verbreitete und die Hütte aufheizte, so dass der draußen immer strenger werdende Winter ihnen nichts anhaben konnte.

Als Carlos am nächsten morgen erwachte, blickte er als erstes nach draußen. Erstaunlicherweise sah er den Hund auf dem See laufen und konnte im ersten Moment nicht realisieren, wie das möglich sein sollte. Die Hütte war leer und seine Mutter nirgends zu sehen. Er schlüpfte so schnell es ging in seine warmen Sachen und lief ohne Frühstück auf den Hof hinaus. Eine dicke Schneeschicht bedeckte die Veranda, ihr Auto und die umliegende Landschaft, die wie in Zuckerguss getaucht zu sein schien. Fußspuren deuteten daraufhin, dass seine Mutter zum Holzschuppen gelaufen war, um Nachschub für den Ofen zu besorgen. Carlos hielt es vor Neugier nicht mehr aus: So schnell er konnte, rannte er zum See hinunter, über den Steg und blieb am Ende stehen. Weit entfernt sah er den Hund gebückt über das Eis laufen. „Sherly, come here! Hierher! Na, komm schon!" Das Tier wurde in seinem Tun unterbrochen, hob den Kopf und spitzte die Ohren. Der Schwanz begann heftig zu wedeln und während der Hund nun auf den Jungen zu rannte, rutschten seine Pfoten immer wieder auf dem spiegelglatten Eis aus und er fing sich nur mit Mühe regelmäßig ab, um nicht zu stürzen. Es sah einfach urkomisch aus. Als der Hund wenig später fast den Steg erreicht hatte, war der Junge ebenfalls auf die Eisfläche getreten und breitete seine Arme aus. Überschwänglich wollte Sherlock noch an Geschwindigkeit zulegen, rutschte hierbei jedoch endgültig aus und schlitterte bäuchlings auf

Carlos zu, wobei er seinen Schwanz wie einen Propeller bediente, um in den Armen des Jungen zu landen. Seine Hundezunge hing lang und rosa hechelnd aus seinem Maul heraus. Carlos liefen die Tränen vor Lachen und er drückte und streichelte das Tier herzlich, wobei er den Hund überschwänglich lobte: „Oh, Sherly, du bist wirklich unverbesserlich, weißt du das eigentlich?" Dann lief er ein Stück am Rand des Sees entlang, wobei der Hund ihn begleitete. Am Ufer stand etwas entfernt seine Mutter und winkte ihm zu: „Guten Morgen mein Schatz, soll ich das Frühstück fertig machen?" Sie trug eine rote Pudelmütze und war schwer mit einem Stapel Holz auf ihren Armen beladen. Carlos war in diesem Augenblick sehr gerührt. Was war sie nur für ein toller Mensch. Um nichts in der Welt wollte er mit einem anderen Jungen tauschen. „Ja, ich komm dann, Mom! Ruf mich einfach!", rief er ihr winkend entgegen. Sie lachte und reckte mit der rechten Faust einen Daumen nach oben, wobei ihr fast das Holz auf die Füße gefallen wäre.

Carlos drehte sich um und ging etwas weiter auf den See hinaus. Er war verzaubert von der verwandelten Landschaft. Wie eine dicke Decke hatte der Winter endgültig alles eingehüllt und er kratzte eine Schneefläche auf dem See frei, so dass er sich das Eis besehen konnte. Sherlock war begeistert und schob mit seiner Schnauze ebenfalls an der Stelle herum und leckte das freigewordene Eis mit seiner Hundezunge noch glatter. „Sherlock, pass auf, gleich bleibst du kleben!", lachte der Junge. Er liebte dieses Tier. Das Eis war unter dem Schnee glatt, klar und rein und er war fasziniert, wie klar das Wasser darunter zu erkennen war. Kleine Luftblasen hatten sich in der dicken Decke fest eingeschlossen und selbst ein kleiner Fischschwarm schwamm unter seinen Füßen dahin. Diese

Szene sollte sich für viele Jahre in seinen Kopf einbrennen. Er kniete in Amerika zur Winterszeit auf einem See, eingegliedert in die Schönheit der Natur und es war, als wäre er in diesem Moment ein Teil von ihr geworden und nicht ein fremder Besucher aus einer anderen Welt. Vielleicht waren es diese Erlebnisse, die sein Onkel in seinem Leben gemacht hatte und die ihn zu einem Bleiben an diesem Ort veranlasst hatten.

In diesem Moment hörte er seine Mutter rufen, dass das Frühstück fertig sei und er schlenderte langsam und mit einem wohligen Gefühl im Herzen zurück zur Hütte. Erst jetzt merkte er den Hunger in der Magengegend und wie kalt ihm Lippen, Ohren und Hände geworden waren. Ein dickes Fell müsste man haben, dachte er, so wie der Hund.

Die Hütte verströmte ihre übliche Geborgenheit und sie frühstückten ausgiebig und in Ruhe. Seine Mutter hatte Spiegeleier, Speck- und Würstchen gebraten und einen heißen Kakao sowie Kaffee für sich bereitgestellt. Caroline umschloss mit beiden Händen wohlig ihre Tasse und pustete den Dampf vom Becherrand davon, während sie verträumt aus dem Fenster blickte. „Es gefällt dir hier, oder?", fragte sie ihren Sohn so ganz nebenbei. „Ich hatte ehrlich gesagt zu Beginn unserer Reise ein schlechtes Gewissen und ich wusste, was du zu leisten hattest, Carlos, aber es ging einfach nicht anders." Der Junge blickte kauend vom Frühstücksteller auf und trank einen großen Schluck Kakao. „Ja, ich finde es toll hier. Ich hätte es nie für möglich gehalten, Mom. Auch, dass ich Owen so in mein Herz schließe. Er ist ein toller Kerl und hat mir so viel beigebracht. Ich glaube, ich werde das alles zu Hause sehr vermissen. Am Anfang war ich wütend auf dich, dass ich mit musste und hier meine Zeit mit meinem Onkel totschlagen sollte. Aber es ist alles anderes gekommen als

ich dachte. Ich möchte mich auch bei dir entschuldigen. Ich glaube, ich war nicht immer ein einfacher Sohn und hätte dir gerne mehr in den letzten Jahren zugehört. Durch die Zeit, die du nicht bei mir warst, habe ich auch noch mal erkannt, wie sehr ich dich liebe und brauche, Mom."
Seine Mutter hatte wortlos zugehört und umklammerte noch immer ihren Becher. Erst jetzt bemerkte er, dass ein leichter Schimmer ihre Augen ergriffen hatte und ihrem Gesichtsausdruck entsprang so viel Liebe, dass auch er ergriffen war. „Danke, Carlos, ich liebe dich auch. Ich könnte mir keinen besseren Sohn als dich wünschen." Sie umarmten sich und hielten sich still gedrückt. „Ich weiß, dass du es auch nicht leicht hattest in den letzten Jahren", hauchte sie und musste ein Schluchzen unterdrücken.
„Wir halten immer zusammen, Mom, ganz bestimmt", antwortete er und drückte seiner Mutter einen Kuss auf die Wange.
„Und weißt du was, es gibt Neuigkeiten, Carlos: von Owen." Abrupt richtete er sich auf und starrte ihr ins Gesicht. Sein Herzschlag beschleunigte sich und er konnte nicht mehr an sich halten: „Was? Das erzählst du mir erst jetzt?", rief er fassungslos.
„Ich wollte dich überraschen, Carlos. Ich habe gerade vor dem Frühstück einen Funkspruch von der Krankenhausleitung erhalten! Es geht Owen wesentlich besser und er darf morgen früh nach Hause kommen!" Er sprang auf und tanzte vor Freude durch die Hütte. Sherlock hüpfte davon animiert am Jungen hoch und schien seine Freude zu teilen. „Das ist ja fantastisch! Juchuu!", jubelte er. Seine Mutter schenkte ihm ihr breitestes Lächeln.

Und so kam es dann. Am nächsten Tag fuhr morgens ein Taxi auf den Hof. Noch nie zuvor hatte Carlos sich so sehr einen Augenblick herbeigesehnt. Mit wild klopfendem

Herzen blickte er erstaunt auf die Seitentür, die vom Fahrer geöffnet wurde. Zwei Krücken kamen zum Vorschein und dann die typische Schirmmütze seines Onkels. Mit einem breiten Lächeln im Gesicht strahlte er den Jungen an. Carlos lief auf ihn zu und warf sich in dessen Arme. Owen drückte ihn, mit allem was er in sich trug. „Thank you, Carlos. Thank you."

Sie umarmten sich alle drei herzlich. Auch Caroline war froh, ihren Bruder gesund wiederzusehen. Die Freude und Erleichterung war ihnen allen ins Gesicht geschrieben. Auch Sherlock war nicht mehr zu beruhigen. Überschwänglich vor Glück, sein Herrchen endlich wieder bei sich zu haben, umgarnte er Owen winselnd und wich ihm keinen Zentimeter von der Seite.

So gingen sie zur Hütte und verbrachten die nächsten Stunden in dicke Decken gehüllt auf der Veranda und schauten gemeinsam auf den See und die atemberaubende Schönheit der Landschaft. Owen hörte fasziniert den Beschreibungen Carlos' zu und schüttelte immer wieder ungläubig den Kopf darüber, was der Junge alles in der Nacht seiner Rettung geleistet hatte. Unter den struppigen Augenbrauen glänzten beim Lauschen der erstaunlichen Geschichte seine Augen wässrig und glühten vor Stolz.

Und dann kam schließlich, was kommen musste: Der Abschied nahte. Ihr Flug ging am frühen Abend und der Taxifahrer hatte geduldig mit einer heißen Kanne Kaffee beim Fahrzeug auf sie gewartet.

„Well, I got one last gift for you, Carlos", sagte Owen und griff in eine Seitentasche seines Mantels.

Der Junge kämpfte mit den Tränen. Er hatte diesen Menschen so unglaublich innig in sein Herz geschlossen. Ihm stockte die Stimme und er blickte erstaunt auf eine Schirmmütze, die sein Onkel ihm strahlend entgegenhielt.

Es war eine Landschaft darauf zu sehen: Berge, ein See, Wälder und in der Mitte sprang ein Fisch in die goldene Abendsonne.

„Danke. Danke für alles, Owen."
Catch the day war darauf zu lesen. *Ich glaube, dass Carlos dies gelungen ist.*

Ein letztes Wort zum Schluss. Es passt übrigens hervorragend zu Carlos: Es ist nicht nur die Zeit, die dich verändert, sondern die Dinge, die du tust. Die Erlebnisse dieser Reise blieben für immer in seinem Herzen haften. Auch als eben jenes Taxi sie wenig später zum Flughafen brachte und er mit tränenerfüllten Augen seinem Onkel beim Abschied zuwinkte, so war ihm doch Eines gewiss: Erlebnisse und Taten, große wie kleine, formen den Charakter eines Menschen und fördern innerste Dinge zutage, von denen man selbst kaum glauben kann, dass sie in einem liegen. Carlos, du kannst stolz auf dich sein. Danke, dass wir dich bei deiner Reise - auch zu dir selbst - begleiten durften.

Es sollte nicht seine Letzte bleiben.

Liebe Leserin, lieber Leser,

ich freue mich, dass du mein Buch in den Händen hältst. Hoffentlich hattest du mit dieser Geschichte eine schöne Lesezeit. Ich begeistere mich seit vielen Jahren für Texte aus dem Bereich der Kinder- und Jugendbuchliteratur und schreibe als Autor eigene Bücher.
Diese entstehen mit viel Leidenschaft im Selbstverlag bei Amazon KDP. Um anderen Leserinnen und Lesern und natürlich auch mir und meinen zukünftigen Buchideen zu helfen, würde ich mich sehr über deine Bewertung freuen. So können neue konstruktive Werke durch deine Rückmeldung entstehen und viele Lesebegeisterte erreichen.
Meine komplette Büchersammlung und Informationen über mich findest du auf meiner Amazon Autorenseite.

Hier kannst du deine Meinung zu diesem Buch hinterlassen:

Hier gelangst du zu meiner Autorenseite:

Du kannst natürlich auch einfach den Buchtitel oder meinen Namen auf www.amazon.de im Suchfeld eingeben, um alle nötigen Informationen bequem und schnell zu erhalten.

Besuch mich gerne wieder. In meinen Büchern oder online!

Rainer Heidenreich

Printed in France by Amazon
Brétigny-sur-Orge, FR